海外小説 永遠の本棚

イーサン・フロム

イーディス・ウォートン

宮澤優樹＝訳

白水*u*ブックス

Ethan Frome

by

Edith Wharton

1911

作者序文

ニューイングランドにおける村落での暮らしについては、もとよりある程度の知識があった。もとよりというのは、スタークフィールドという架空の村があるのと同じ地域に、私が居を構えたのよりもずっと以前から、という意味である。しかし、実際にそこに住み始めて何年か過ごしているうちに、その地域のもつある側面が、当初思っていたよりもずいぶんと身近なものになっていった。

とはいえ、結局その地域に入門を果たすことになるよりも以前から、私は、フィクションの中のニューイングランドには、どうも釈然としない感覚を抱いてきた。植物とか人々が意見を交わす様子のようなものこそ当を得ているように見えても、そこに描かれるニューイングランドは、私の目に映る厳しくも美しい土地とは、ほとんど似ても似つかないように思えた。どれだけシダ類やシオンの花々、月桂樹といった植物をふんだんに列挙し、土地の人々の方言をひたむきに再現しても、剝き出しになった花崗岩の存在が見落とされているような気がしてならなかった。これは単に個人的な印象であって、こんな話をするのは、『イーサン・フロム』を書いた背景を説明するためである。もしかすると読者によっては、多少なりとも作品について得心してくれるかもしれない。

さて、物語のルーツについてはこれくらいにしよう。なにか読者の興味を惹くことがあるとすれば、あとはこの作品の構成に関することくらいのものだろう。

作品にとりかかり始めた瞬間、目の前に問題があることがわかった――物語のクライマックスというか、アンチクライマックスというべき場面で、悲劇の最初の何幕かよりも一世代遅れて起こる主題を扱わなければならないということである。こうした強制的な時間の経過のせいで、誰が見てもイーサン・フロムがこの作品の主題であるというふうに見えてしまうだろう。とりわけ、(小説家が使う意味でいう)あらゆる主題にはそれに見合う形式なりサイズなりが暗黙のうちに内在していると考える人――私もそのひとりである――にとってはなおさらである。しかし私は、そんなふうには一瞬たりとも考えていなかった。この物語のテーマは、これとは別のさまざまな仕方で演じられうるようなものではないとも感じていたからである。それは厳(スターク)とした、かいつまんだ仕方で語られなくてはいけない――主人公たちにとって、人生が常にそのようなものであったのと同じように。もし彼らの心情を詳しく説明したり複雑にしたりなどしようとすれば、必然的に全体を偽ることになってしまう。なにせ彼らは、私にとって、剝き出しになった花崗岩そのものなのだから。とはいえそれも、土から半分だけ顔を出しているだけで、それ以上の明瞭さをもっているわけではない。

こんなふうに主題と執筆計画との間に矛盾があると、結局のところこの「状況」は放棄すべきものに思えるだろう。小説家なら誰でも、仄暗い亡霊が偽って「よい状況だ」という甘言を囁く声に見舞われるものだ。小舟を岩礁へと誘うセイレーンの歌声のごとき主題である。その声はたびたび聞こえてくるし、蜃気楼でできたまやかしの海も見える。そこを渡りきるまでのさなかに、水のない砂漠は待ち構えているのである——たとえどのような種類の仕事をしているときであっても。私はこのセイレーンの歌声がどんなものかよく知っていて、その声が遠く聞こえなくなるまで、ほかの退屈な仕事に専念したものである——たぶんそうしているうちに、彼らがつくる虹色のヴェールの向こう側へ消えてしまった傑作なんてものもあったのだろう。しかし、『イーサン・フロム』の場合、そのような心配は無用だった。私はこの作品ではじめて、自分が取り組んでいるものの価値に自信をもって、私自身の目標へ向けて取り組むことができた。そこに見たもののなかの、少なくとも一部分だけでも表現することに向けて、自分の能力を比較的信頼しながら取り組むことができた。

もう一度。小説家なら誰でも、つまり自分の芸術を「追求」する小説家なら誰でも、そのような題材に光を当ててきた——それを最大限に浮き彫りにすることの難しさに魅入られ、それでいてぎらぎらとしたアクセサリーで飾り立てることも、あるいは見目麗しい布地や照明といったトリックにすがることもせずに。イーサン・フロムの物語を語るにあたり、それが私に課せられた使命だった。私が組み上げた作品の構成は、構想段階で幾許かの友人にあらましを話したところ、即座に徹底的な不評を買ったものだ——それでも私は、自分の構想が今回のケースにあたっては正当なものだったと思う。私にはこう思える——たしかに、複雑で洗練された人々の物語を、どこにでもいる単なる傍観者が推察なり解釈なりを行うとすると、小説には作り物じみた雰囲気が漂うものである。けれどもその逆に、観察者の目が洗練されていて、それによって解釈されるのがシンプルな人々であれば、そこにはいささかの問題もない。もし観察者が自分の周囲をすべて見渡すことができるのであれば、その人がその能力を発揮するにあたって、障害となるものはない。観察者はごく自然に、心やさしき仲介者の役割を演じてくれるだろう——未発達な登場人物と、その人たちのことを知りたいと思う、より複雑な精神を備えた人たちとのあいだの仲介者を。とはいえそんなことはどれも自明のことがらであり、説明を要するのは、フィクションが構成の芸術だとは思ったこともない人に対してだけであろう。

私の構成の本当の長所は、さほど重要でない細部にあるように思う。私が突き止めなければならなかったのは、どのようにこの悲劇を、自然で、かつ絵になる仕方で、語り手の知るところとするかであった。村のゴシップを一息に語り尽くしてしまうような人の眼前に彼を立たせることもできただろう。しかしそうしてしまうと、私の描く絵画の全体像を、ふたつの要素で裏切ってしまう。第一に、描こうとしている人々に根ざす寡黙さ、そして口下手という特徴。第二に、（造形的な意味での）「丸み」。それはハーモン・ガウやネッド・ヘイル夫人のような、異なる人々の目を通して彼らの出来事を見ることで生じる効果である。年代記の語り部たちは、その込み入った、しかも謎めいた出来事について、各々が自分に理解することのできた限りにおいて、物語全体に寄与するのである。この物語の語り手だけが、そのすべてを見渡し、物語をもともとのシンプルな姿へと解きほぐし、それをより広いカテゴリーの中の正しい位置に分類することができる。

独創性を主張するつもりはない。私がしたのは、〔バルザックの〕『グランド・ブルテーシュ奇譚』や〔ブラウニングの〕『指輪と本』が示してくれた見事な模範に従ったまでのことである。私の唯一の取り柄はおそらく、そこで採用された方法が、私のささやかな物語にも適用できると推察したことだろう。

こうして短く分析して見せたのも――こんなことは、これまでのどの本でもしなかった、はじめてのことだ――作者による前書きが読者にとって価値をもつのは、以下のような場合しか私には思いつかなかったからである。つまり、どうして当の作品を書くことにしたのか、そしてどうして他の形式ではなく、いま現にある仕方でその作品を書くことにしたのかを述べた場合。そのような創作開始当初の目的は、作家が明確に言語化することのできる唯一のものである。それを芸術家は、まずは本能とも言っていいような仕方で感じ取り、それに基づいて行動しなければならない――創作物に生命を循環させ、腐敗から少しばかり守ってくれる、あの計り知れない何かが訪れるのは、それからの話である。

イーディス・ウォートン

イーサン・フロム

いろいろな人から、すこしずつその話を聞いてきました。そういう場合にたいていい起こるように、話は毎回ちがっているのでした。

マサチューセッツ州スタークフィールドという土地をご存じなら、そこの郵便局に覚えがあるはずです。郵便局に覚えがあるなら、イーサン・フロムを見かけたことがあるはずです。あの人が、乗りつけてきた背のくぼんだ鹿毛の馬に手綱を下ろして、石畳の道を郵便局の白い列柱に向かって身を引きずるように歩いていく様子を。そして彼が誰なのか尋ねてみたにちがいありません。

数年前、はじめて彼を見たのはその場所でした。その姿を見て私はハッとしたものです。そのときでさえ、彼はスタークフィールドでいちばん印象的な人物でした——ただのくたびれきった残骸のような人物でしかなかったにもかかわらず。目立っていたのは背が高いせいばかりではありません。「地元の人たち」の多くは、ずんぐりとした外の人と比べて、ほっそりとして身長が高い人が多かったからです。それは、ごく自然に備わっているかのような力強さなのでした。足が不自由で、まるで鎖を引きずっているかのように歩みがぎこちないというのに。その顔はどこか殺伐としていて、近寄りがたいものがある。表情はすごく強ばっていたし、髪は灰色がかっていたので、老人だとばかり思っていました。まだ五十二歳にもならないと聞いたときはかなり驚いたものです。年齢はハーモン・ガウから聞きました。ガウは鉄道がスタークフィールドに通るよりも前の時代に、ベッツブリッジからスタークフィールドまで駅馬車を運行していた人物で、沿線に住むあらゆる家族の年代記を語ることができたのです。

「あいつは激突をやらかしちまってからずっとあんな感じだよ。来年の二月でもう二十四年にもなる」ハーモンは記憶を探るために間を置きながら、言葉を吐き出すように語ってくれました。

この情報提供者が話してくれたところによると、その「激突」によってイーサン・フロムの額の右側に赤い傷跡が刻まれたばかりか、右半身は縮み、歪んでしまったということです。結果として、馬車から郵便局の窓口まで数歩の距離を歩くのにも、目に見えて大変な重労働を強いられるようになったとのこと。彼は毎日正午頃に農場から馬車でやってくるのですが、その時間は私が郵便物を取りにいく時間でもあったので、郵便局の前ですれ違ったり、格子の後ろで局員の手の動きを待っているあいだ、横に立ったりすることがよくありました。私が気づいたのは、いつも時間どおりに来ていたにもかかわらず、たいていは彼に宛てた郵便などなく、『ベッツブリッジ・イーグル』紙以外はほとんど何も受け取っていないことでした。新聞だけ手に取ると、一瞥もせずにポケットに突っ込むのです。しかしときには、郵便局長がゼノビア——あるいはジーナ——フロム夫人宛の封筒を手渡すことがありました。たいていその手紙には、左上隅に目立つように、特許薬の製造業者の住所とその詳細が書かれていました。隣人イーサンは、こうした書類にも、その数と種類の多さにもすっかり慣れきってしまっているかのように、やはり何も見ずにポケットに入れて、郵便局長に黙って頷きかけてから背を向けて立ち去るのです。

スタークフィールドの人なら誰でも彼のことを知っていて、その重苦しい表情に合わせて、いつも控えめな挨拶をするのです。その寡黙さに敬意を払う人は多く、居合わせた老人たちが彼をつかまえて話をするなんてことはめったにありません。もしたまたまそんなことがあると、彼は静かに耳を傾け、話し手の顔に青い目を向けて、近くにいる私のところにも言葉が届かないくらい低い声で、何か受け答えをする。それから、ぎこちない動きで馬車に乗り込み、左手に手綱を取り、ゆっくりと農場のほうへと走り去っていくのです。

「かなりひどいぶつかり方だったんですか？」私はハーモンに尋ねました。フロムの去りゆく背中を見つめながら。こんなにも不格好にたわんでしまう以前、かつては力強いものだったろう両肩のうえで、ふさふさとした軽やかな茶髪の頭がどんなふうに躍っていたのかを思い浮かべながら。

「最悪の部類に入るだろうな」と情報提供者は同意しました。「たいていのやつなら死んでいただろうよ。だがフロム一族ってやつは頑丈にできてやがるんだ。イーサンなんて百歳までは生きるだろうよ」

「まさか！」私は思わず大きな声を出してしまいました。そのとき、イーサンは馬車の座席に上り、身を乗り出して、後ろに置いた木製の箱──やはり薬剤師のラベルが貼ってある──がしっかりと収まっていることを確かめていました。私はその表情を見ました──あれはきっと、自分がひとりきりだと思っているときの表情だったのだと思います。「あの人が百歳まで生きるって言うんですか？　だって、今でさえもう死んで地獄にでも落とされたみたいな感じじゃないですか！」

ハーモンはポケットから嚙みタバコを取り出し、一部を切り取って、分厚い獣皮のような頰の内側へと押し込みました。「スタークフィールドで何度も何度も冬を越したからだよ。賢い奴ならだいたい逃げ出すのにな」

「どうして出て行こうとしなかったんですか？」

「誰かが残って面倒を見てやらなきゃならねえ身内がいたんだよ。イーサンしかいなかった。まずはあいつの父親――次に母親、それで最後には女房だ」

「それから例の激突があった、と」

ハーモンの嘲るような、にやりとした笑み。「その通りだよ。だからここから出て行くなんてことはできなかった」

「なるほど。それで、以来家族に面倒を見てもらいながら生活してるんですね？」

まるで思いを巡らせでもしているかのように、ハーモンの嚙みタバコが片方の頰からもう片方の頰へと移る。「ああ、それについてはね。面倒を見てやってるのはいつだってイーサンの方だと思うぜ」

ハーモンは自身の知的な能力の、そして節度の許す限り、幅広く物語を聞かせてくれましたが、それでもやはり、この男の語る事実と事実のあいだには明らかな齟齬がありました。

私が思うに、物語のより深い意味はその齟齬の中にこそあるのです。しかし、ハーモンの使ったあるフレーズだけは私の記憶に残り続け、その後の推論をまとめる際の核心となりました。そのフレーズとは――「スタークフィールドで何度も何度も冬を越したからだよ」

その意味は、私自身、ここを訪れる前にも話として聞いていたことではありました。しかし私が来たのは、路面電車や自転車、田舎への郵便配達という、以前にはなかった頽廃をすでにこの町が経験したあとの話で、山間に点在する村々との連絡は容易になっていました。ベッツブリッジやシャッズフォールズのような谷あいの比較的大きい町には図書館や劇場、ＹＭＣＡホールがあり、山々に住む若者たちが娯楽を求めて下りていくことができたのです。ところが冬が訪れスタークフィールドが雪で閉ざされると、青白い空から絶え間なく降り続ける新たな雪の層の下に、この小さな村は横たわってしまう。その季節になって、イーサン・フロムが若者だったころにはどんな生が――いえ、むしろ生の裏返しとでもいうべきものが――あったのか、ようやく私にもわかり始めてきたのです。

私は雇い主からコーベリー・ジャンクションにある大きな発電所に関連した仕事で派遣されていたのですが、作業員のストライキが長引いたせいで仕事が遅れてしまい、気がつくと冬の間中、スタークフィールドに――人の住める場所としてはいちばん近いところに――足止めをくらっていました。最初は苛立ちもしましたが、日常のルーティンというものはまるで催眠術のような効果を持っているもので、次第にここの生活にも不愉快ながら満足感のようなものを見出し始めていたものです。滞在のはじめのほうでは、気候ばかりが烈しい生命力のようなものを宿していて、その一方でコミュニティは死んだようなありさまだという対照が印象的でした。日に日に、十二月の雪が去ったころ、燃えるような青空が真っ白な風景に光と空気の奔流を注ぎこみ、大地がより一層の輝きを放つようになるのです。そのような環境は、血流だけではなく感情の流れをも早めるにちがいないと思われる向きもあるかもしれません。ですがそのような環境も、スタークフィールドの場合、鈍い鼓動をさらに遅らせる以外にはなんの変化ももたらさないようなのです。滞在が長引いてくると、水晶のように澄みきった日々があり、その後には陽ざしのない寒さが延々と続く時期がやってきます。二月になると、風に身を任せるほかない村の周りに、冬の嵐がまるで白いテントのように覆いかぶさるようになりました。三月になると、ますます吹き荒ぶ風が騎馬隊よろしく応援に駆けつけます。どうしてスタークフィールドが半年間にもおよぶ包囲網から、まるで飢えきった守備隊が助命を請うこともなく降伏するかのように姿を現すのか、私にもすこしずつわかってきました。二十年前には抵抗の手段も今よりはるかに少なかったにちがいありません。

敵は受難せし村々の交流を完全に遮断してしまっていたことでしょう。このようなことを考えていると、ハーモンの言葉がもつ、いやらしい影響力のようなものを実感しました。「賢い奴ならだいたい逃げ出すのにな」――しかしもしそうだとしたら、イーサン・フロムのような男の逃走を妨げたのは、いったいどのような障害の積み重ねだったのか？

スタークフィールドにいるあいだ、私はネッド・ヘイル夫人と呼ばれている中年の未亡人のところに下宿していました。ヘイル夫人の父はこの村に専従する先代の弁護士で、夫人が現在も母と同居している「ヴァーナム弁護士邸」は村いちばんの豪邸でした。メインストリートの端に建っており、クラシックな雰囲気のポルティコと小さな窓からは、ドイツトウヒの木々に挟まれた、会衆教会の細長く白い尖塔へと続く、石敷きの道を見下ろすことができます。ヴァーナム弁護士の遺した財産が目減りしていることはもう隠しようもない事実でしたけれど、ふたりの女性はしっかりとした威厳を保つためにできる限りのことをしていました。特にヘイル夫人は、あの青ざめた古風な家に似つかわしいといえなくもない、ある種のどんよりとした気品を備えていたものです。

「いちばんの応接間」と呼ばれる部屋では、家具の黒い馬巣織りとマホガニーの板を、チリチリと音の鳴るランプがうっすらと照らし出していました。そこで私は毎晩、スタークフィールドの年代記を聞いていましたが、日々それはまた別のバージョンというべきもので、聞くごとにより繊細な影を帯びていったものです。だからといって、ネッド・ヘイル夫人が周囲の人たちに対して社会的な優越感を感じていたとか、あるいはそんなふりをしようとしていたということではありません。そうではなくてただ、もともと洗練された感性をもっていたことに加え、ほんのすこしほかの人たちよりも多く教育を受けたことで、自分と周囲の人たちとのあいだに十分な距離ができ、彼らを公平に判断できるようになったということなのです。夫人はこの能力を駆使することを厭いませんでしたので、この人からイーサン・フロムの物語の欠落した部分を聞き出すことができるのではないかと強く期待していました。もしくは、私がもっている事実と呼応するような、あの人物の本質を知るための鍵となる事実を。夫人の頭の中は無邪気な逸話の宝庫で、夫人が知っている人について質問すると、詳細な情報がいくつも出てきました。ところがイーサン・フロムの話になると、期待に反して夫人の口は重くなるのです。この沈黙の中に、なにか話すことへの抵抗のようなものが表れていたというわけではありません。私が感じたのは、夫人にはどうも、彼や彼の事情について話すことには、やすやすとは乗り越えられない気の進まなさのようなものがあるということだけです。夫人は低い声でこう言いました。「ええ、私はふたりとも知っていました……

ひどいものでした……」悩ましい彼女の心が私の好奇心に最大限の譲歩をした結果、ようやく差し出された言葉のようでした。

それから、夫人の態度は目に見えて変わりました。話の始まりがこうも悲しみの深いものとなってしまい、私は自分の心遣いが足りなかったのではと思うようになり、私にとって村の神託官であるハーモン・ガウにこの件をあらためて相談してみました。しかし結局、骨を折ったかいもなく、事情をよく呑み込めないままぶつくさいう言葉が返ってきただけでした。

「ルース・ヴァーナムはいつだってネズミみてえに神経質なんだよ。そういや、あの女はあいつらが助け出されたあと、最初に会いに行ったんだったな。あれはヴァーナム弁護士の家のすぐ下だった。コーベリー通りのカーブになってるとこだな。ルースがネッド・ヘイルと婚約したのがちょうどそのころだった。若い連中はみんな仲がよかったし、その話をするのはきつかったんだろうよ。あいつは自分の問題で頭がいっぱいいっぱいだったんだよ」

スタークフィールドの住人といえども、もっと大きな町の住人と同じように、誰だって自分の問題で頭がいっぱいで、他人にはわりあい無関心だったというわけです。イーサン・フロムの問題が常識の埒外にある何かだということは誰もが認めていましたが、誰も当人のあの表情については説明してくれませんでした。私の脳裏を離れなかった考えからすると、あの表情は単に貧困や身体的な苦痛などから生まれたものではなかったのですが。とはいえ、もしヘイル夫人のあの沈黙によって好奇心が掻き立てられることがなければ、私としても、これまでに与えられたヒントから紡ぎ出された物語で満足していたかもしれません――さらにいうと、それからほんのすこしあと、私はまさにその本人と個人的に接触することになったのです。

スタークフィールドにはじめて着いたとき、私は接続駅（ジャンクション）行きの列車が出るコーベリー・フラッツまで毎日送迎してもらう契約をデニス・イーディと取り付けていました。イーディは裕福なアイルランド系の商店主で、スタークフィールドにもっとも近いところにある馬小屋の所有者です。ところが、冬の真っ只中、イーディの馬が風土病に罹ってしまったのでした。病気はスタークフィールドのほかの厩舎にも広まり、一日か二日のあいだ、私は移動手段を探すことに追われる破目になりました。するとハーモン・ガウが、イーサン・フロムの鹿毛はまだ十分歩けるから、あの男なら喜んで乗せてくれるかもしれない、と提案してきたのです。

その提案には虚をつかれました。「イーサン・フロム？　でも私はあの人と話をしたことさえないんですよ。まさかそこまでしてくれないですよ」

これに対するハーモンの返答にはますます驚きました。「俺だってそう思うよ。だがそれで一ドル稼げるとなれば話は別だろうな」

フロムが貧しい暮らしをしているということは聞いていました。製材所や土地の痩せきった農場で働いてはいるけれど、それだけでは冬を乗り切ることは難しい、と。それでも、ハーモンの言葉が示すほどに困り切っているとは思っておらず、この驚きをハーモンに伝えました。

「ものごとがそれほどうまくいってるってわけじゃないんだよ」ハーモンはこう言うのです。「もう二十年だかそれ以上もああやって壊れた船みてえにフラフラしてやがる。なんかやりたいことがあっても、それができもしねえままにな。そんな暮らしがあいつを内側から食い荒らして、根性なんてもんをどっかにやっちまったんだよ。フロムの農場はいつだって猫に目をつけられた牛乳皿みてえに空っぽなんだ。古い水車小屋なんてもんが今はどれだけの値うちしかないか、あんたにだってわかるだろ。イーサンが陽が出てから沈むまで汗を流して働いてたころならなんとか稼ぎを絞り出してたんだ。だが家族がよってたかってほとんど全部食い尽くしちまったんだよ。今にしても当時にしても、俺にはあいつら一家がどうやって暮らしていけてるんだかわからんね。父親は干し草を作る作業で怪我をして、それからおかしくなっちまった。死ぬまで聖書でも配るみてえに金をばらまいてたよ。で、母親も変になっちまって、赤ん坊みてえに弱って、何年もそのまま足を引きずり歩いてた。女房のジーナは郡中の医者にかかりっきりだ。病気とトラブルってやつがイーサンの皿のうえにはいっぱいなんだよ。最初の一口からずっと、そればっかりだ」

翌朝になって窓の外を見ると、ヴァーナム家のトウヒの合間に、背のくぼんだ鹿毛の馬がいました。イーサン・フロムは擦り切れた熊の皮を後ろに放り投げて、馬橇の自分の隣に私が乗るための場所を作ってくれました。それから一週間、彼は毎朝コーベリー・フラッツまで送ってくれるようになったのです。午後に仕事が終わると再び落ちあい、凍てつく夜の只中、スタークフィールドまで私を送り届けてくれる。片道の距離はほんの三マイルほどでしたが、年老いた馬の歩みは遅く、足元の雪が走りやすく踏み固められていたとしても、その移動には一時間近くかかったものです。イーサン・フロムはじっと押し黙ったまま馬を操っていました。左手にゆるく握られた手綱、ヘルメットのような帽子のひさしの下には縫い目のような皺が刻まれた茶色い顔が覗き、それはまるで英雄の姿を象ったブロンズ像のように、背景の白い雪に映えていました。彼は私に顔を向けることもなく、私が投げかけた質問にも、ちょっとしたお世辞を向けてみた場合にも、短い言葉で答える以上のことはしませんでした。

彼はまるで言葉をもたぬこの憂鬱な風景の一部、凍てついたこの地をめぐる悲哀の化身のようで、彼の中にあるはずの温かいもの、感性をもったものはすべて、皮膚の表面よりも下に固く封じ込められていました。とはいっても、その態度が友好的なものでなかったというわけではありません。私が思ったことはシンプルで、彼は他人が簡単にアクセスすることのできない、自分自身の心にまつわる孤独の只中にいるということでした。彼の孤独は、私が考えていたような単なる個人的な苦境や悲劇の結果として生まれたものではなく、ハーモン・ガウがほのめかしていたように、何度も何度もスタークフィールドの冬を越すうちに積もり積もった寒さが、そこにのしかかっていると感じたのです。

私たちのあいだの距離が縮まることがあったとしたら、それはほんの一度か二度、ごくわずかな間だけでした。そうした短い時間の邂逅を経て、彼のことを知りたいという私の欲望は確固としたものになったのです。たまたま、私がその前年にエンジニアの仕事で訪れたフロリダの話になったことがありました。今私たちを取り囲んでいるこの冬の風景と、自分が去年その中にいた風景とがどれほどちがったものかという話。驚いたことに、フロムはこう返事をしました――「ええ。僕も一度だけ行ったことがありますよ。そのあとほんのしばらくなら、ここで冬を過ごしている間にもあの景色を思い浮かべることができたんですけどね。

まあ、もう全部すっかり雪の下です」

彼はそれ以上は何も言いませんでした。ほかにどんな物語が残されているのか、その声の抑揚と唐突な沈黙への回帰、そのふたつから推察するほかありませんでした。

別の日、フラッツの駅で列車に乗るときに、道すがら読むのに持っていた一般向けの科学の本――たしか最近の生物化学の発見について書かれたものでした――を置き忘れてしまったことがありました。その夜、帰りの馬橇に乗るまでその本のことなんて考えもしていませんでしたが、フロムの手にその本があったのです。

「あなたが行ったあとに見つけたんですよ」との言葉。

その本をポケットに入れると、私たちにとっては普段どおりの沈黙へと戻っていきました。ですが、コーベリー・フラッツからスタークフィールドの尾根へと続く長い坂道を登り始めたときでした。夕暮れのなか、彼が私に顔を向けていることに気がついたのです。

「僕の全然知らないことが書いてありましたよ」とフロム。

不思議に思ったのは、その言葉そのものよりも、その奇妙な声色にこめられた悔しさのようなものでした。見紛うことなく、彼は自分の無知に驚き、かすかに傷ついてさえいました。

「そういうことに興味があるんですか?」と尋ねてみました。

「昔はね」

「この本にはかなり新しいことが一つか二つは載っていますからね。最近この分野では何かしら大きな進歩があったらしいですよ」すこし待ちましたが返事はなかったので、こう続けました。「もしこの本に目を通したいのであれば、喜んでお貸ししますよ」

彼は躊躇していました。心の内側で、忍びよる怠惰に屈しようとしているような印象。結局、「ありがとう。お借りします」という短い答え。

この出来事をきっかけに、私たちのあいだに、もっと直接の交流が生まれるのではないかと期待しました。フロムはたいへんシンプルで率直な人物でしたので、あの本に対する彼の好奇心は、そこに書かれた主題への純粋な興味に基づいたものだと私は確信していました。彼のような境遇の人が、そういった趣味や知識をもっているのです。そのせいで、彼の置かれた外面的な状況と、彼の内面が必要としているものとのギャップは、いっそう悲痛なものに思われました。ふたつのうちの後者、心が求めているものについて話をする機会が、少なくとも彼の閉ざされた唇の封だけでも解いてくれるのではないかと私は考えたものです。しかし、彼の生きた過去の歴史のなかに、あるいは現在の生き方のなかには、そんな軽い興味ではびくともしない何かがあって、その程度の力では、彼自身のなかに深く潜り込んでしまった、彼のもともとの姿を呼び戻すことなどできそうもありません。次に会ったとき、彼は本のことになど一切触れようとせず、私たちの会話は暗く一方的なものにとどまることを宿命づけられているかのようでした。彼の心がわずかにでも開かれたあの出来事など、まるでなかったかのように。

ある朝窓の外を見ると、雪が分厚く降り積もっていました。フロムがフラッツまで送ってくれるようになってから、すでに一週間ほど経ったころの話です。庭のフェンスや教会の壁に沿って押し寄せる白波の高さからすると、吹雪は一晩中続いていたのでしょう。開けた場所でも吹き溜まりがひどいことになっていそうでしたし、列車は遅れるだろうと思っていました。しかし、その日の午後は一、二時間ほど発電所にいなければならないことになっていました。そこで、もしフロムが迎えに来てくれたら、フラッツまでどうにかして送ってもらい、列車が来るまでそこで待っていようと思っていました。とはいえこう書きながら、なぜ自分が「もし」などと条件づきにしたのか、自分でもわかりません。なぜなら、フロムが来てくれるということに私はなんの疑いももっていなかったからです。彼は、どんな種類の騒ぎがあろうとも自分の仕事に背を向けるような人ではありません。約束の時間になると、馬が引く彼の橇は、厚みを増した白布のヴェールの向こうをゆく舞台上の幽霊のように、雪の向こうからその姿を現したのです。

もう彼のことはずいぶんよくわかってきていたので、約束を守ってくれたことにさして驚きもせず、感謝の気持ちを表すこともしませんでした。ところが、彼がコーベリーへ続く道とは反対の方向に馬を向けるのを見ると、驚いて思わずそれを声に出してしまいました。

「鉄道は不通になっていますよ。フラッツの手前で貨物列車が吹き溜まりのせいで立ち往生したんです」説明を聞いているあいだに、馬はもう刺すような白さの雪原へと漕ぎ出していました。

「でも――じゃあ、どこに向かってるんです?」

「まっすぐジャンクションに行きます。いちばんの近道で」鞭で学校のある丘の方角を指した彼の口から、そんな答えが返ってくる。

「ジャンクションまで――この吹雪の中で？　いや、十マイルはあるんですよ！」

「時間さえもらえれば、この馬ならやってくれますよ。午後からそこで用があると言ってましたね。送りますよ」

その言い方はとても静かなものでした。そのせいか、私にはこう答えることしかできませんでした。「助かります、ほんとうに」

「とんでもないです」との返答。

学校の手前で道が分かれていて、私たちは左に曲がりました。雪の重みで幹が内側に折れ曲がったツガの木々のあいだを抜けて。日曜日にはよくこの道を歩いていたので、丘の下、葉が落ちた枝のすき間から見える孤立した屋根が、フロム家の製材所のものであることは知っていました。そこに生命の痕跡のようなものはなく、黄白色の泡が浮かぶ小川の黒い流れの上には動きを止めた水車がじっとしていて、白い雪という重荷の下ではいくつかの納屋がたわんでいる。そばを通りすぎたときもフロムは自宅に顔を向けもせず、私たちは黙ったまま次の坂道を登り始めました。一マイルほど先、私が通ったことのない道を進むと、ところどころ岩が露出した丘には果樹園が見え、そこには飢えたようなリンゴの木々が身悶えでもするように連なっている。まるで雪に埋もれた動物が息をするために鼻を突き出しているようにも見えます。果樹園の向こうには畑がいくつかあり、畑と畑の境界線は吹き溜まりによってかき消されていました。畑の上には、土地と空の広大な白さに抗して身を丸めているかのように、農場主の住居があります。それがあるがゆえに、風景の寂しさがいやがおうにも増すという、ニューイングランドの農家に典型的な建物のひとつです。

「あれが僕のうちです」とフロムは不自由な肘を横に振りながら言いましたが、その光景のもつ悩ましさと圧迫感のせいか、なんと答えていいのかわかりませんでした。雪がやんで、みずみずしい陽射しが斜面の上にある建物と、その見苦しいありさまを、一から十まで照らし出していました。軒先からは、落葉樹の蔦が黒い幽霊のように垂れ下がり、塗料の剝げた薄っぺらい木の壁は、雪がやむと同時に強さを増した風の寒さに震えているかのようです。

「父の代だともっと広かったんですよ。すこし前に『L』を壊さないといけなかったんです」とフロムは言葉を続け、そう言いながら、朽ちた門の向こうへ行こうとする馬を左の手綱で抑えていました。

このとき私は、この家のありえないくらいわびしく、寸足らずな様子が、ニューイングランドでは「L」と呼ばれているものを失ったことにいくらか端を発することに気がつきました。「L」とは、たいてい母屋に対して直角に長く伸びる、深い屋根がついた離れのようなもので、倉庫や道具置き場としても使われつつ母屋と薪小屋、牛小屋を繫いでいます。その象徴的な意味合いからか、土と結びついた生活のイメージからか、それとも暖かさと栄養の主だった補給源を納めた場所だからか、それとも単に厳しい天候を避けながら朝の仕事に向かうことができるという慰めを住人に与えてくれるからか――家そのものよりもむしろ「L」がニューイングランドの農家にとって家の中心であり、炉辺であるというふうに見えることはたしかです。この連想は、私がスタークフィールドを散策するうちに何度も思い浮かんだものです。おそらくこう考えていたせいで、フロムの言葉に切ない調子を聞きとり、縮んだ住居にフロム自身の小さくなった体のイメージを見たのだと思います。

「今進んでいるのは枝道みたいなところです」と彼がつけ加える。「でも鉄道がフラッツまで来る前はかなり人通りがあったんですよ」その手はぐずぐずし始めた馬の手綱をたぐり寄せました。そして、まるであの家を一目見たことで私が深い信頼を勝ち得て、まるでこれまでの遠慮は一切が表面的なものだったかのように、彼はゆっくりこう言葉を継いでいきました——「母の抱えていたいちばん大きな問題はそのせいだと僕は思っています。質(たち)の悪いリウマチになって前ほどには歩けなくなってから、母はいつも道を見るようになったんですよ。いつだったか洪水が来てベッツブリッジの堤防の修理に半年かかるっていうことがあったんです。ハーモン・ガウが馬車をこのあたりを経由して走らせてたとき、母はほとんど毎日のように門まで出て話をしに行ってて。そのおかげで母の調子はずいぶん良くなってたんですよ。でも汽車が来てからは誰もこのあたりになんて来なくなってね。話をする人はいなくなってしまいました。何が起こったのかを頭で理解することもできないまま、そのことに死ぬまで苦しみ続けたんです」

コーベリーへの道に入ると雪がまた降り始め、フロム宅がとうとう見えなくなりました。それに伴ってフロムはまた寡黙に戻り、私たちのあいだにはもはや馴染みとなった沈黙という幕が再び下ろされました。今度は雪がまた降り出しても風がやむことはありません。むしろ、ときおり強風が吹きすさび、ぼろ切れのように穴だらけの空から淡い陽光が無秩序に荒らされた地面へと投げかけられるような天気になっていく。それでも馬はフロムの言ったとおり壮健で、私たちは荒々しい真っ白な風景の中を、ジャンクションに向かって突き進んだのです。

午後になると吹雪は収まり、西の空に浮かぶ晴れ間は、経験の浅い私の目には、穏やかな夜を約束しているように見えました。できるだけ早く仕事を済ませ、夕食には間に合うようにスタークフィールドへ向けて出発しました。しかし、陽が暮れると雲が再び塊となって暗闇の到来を早め、風のない空から雪がまっすぐに、そして途切れることなく降り注ぎ始めたのです。朝の突風や渦を巻いた風よりもやさしげながら、あらゆるところに満遍なく降り、より大きな混乱をもたらす天候。それはますます濃くなってゆく暗闇の一部のようで、冬の夜そのものが私たちの上に層をなして降りてくるかのようでした。

フロムのランタンがもたらす小さな光はこの息詰まるような空気に耐えられず、すぐに消えてしまいました。彼自身の方向感覚や馬の帰巣本能さえも、ついには役に立たなくなっていました。二度や三度、まるで幽霊のように目印が眼前に浮かび、私たちが道から外れていると知らせてくれることはありました。しかしそれもまた霧に吸い込まれて消えてしまうのです。ようやく道に戻ったとき、馬はすでに消耗しきっているようでした。私はフロムの申し出を受けた自分を責めました。すこし話し合って、自分が橇から降りて雪の中、馬の横を歩くから、と私はフロムを説得しました。こうしてなんとかさらに一、二マイルほど歩き、ようやくある地点にまでたどり着いたのです。そこでフロムは、私の目には形なき夜の一部にしか見えない部分を見通しながら、こう言いました。「あそこに僕の家の門がありますね」と。

最後のあと一息がいちばん大変なものでした。忌々しい寒さと足取りのせいで、もう私はほとんど精魂尽き果てていましたが、鹿毛の脇腹に触れていると、鼓動が時計のように刻々と打っているのを手のひらで感じることができました。

「ちょっといいですか、フロムさん」私は口を開きました。「あなたはこれ以上先まで行くことはないですよ――」すると彼は私の言葉を遮って、「ふたりともですね。もう誰にとっても散々ですよ、これ以上は」

農場で一夜の避難場所を提供してくれるのだと思い、返事をすることもせずに、私は彼と並んで門をくぐり、彼の後についていて納屋に入って、疲れきった馬から馬具を外して休ませるのを手伝いました。それが済むと彼は馬橇からランタンを外し、再び夜へと足を踏み出すと、肩越しにこう言葉を投げかける――「こっちです」

遥か上方では、雪の幕の向こうに四角く区切られたような光が揺らめいていました。フロムが雪につけた足跡をよろめきながら辿っていると、暗闇のせいもあって、家の前にできた大きな吹き溜まりに向かって転ぶところでした。フロムは軒先の滑りやすい階段を、重装備といった趣のブーツを履いた足で、雪を踏みならして道を作りながら進み、やがて手元のランタンを持ち上げて掛け金を見つけると、家の中へと案内してくれました。私は後を追いかけて、天井が低く、光に照らされていない廊下へと歩を進めました。背後にはまるで梯子のように急な階段がどこか闇の向こうへと続いている。右手には光の線によって象られたドアがあり、部屋から夜に向かって光が投げかけられている。そこまで来たとき、ドアの向こうから、ぼそぼそとした、不満げな女性の声が聞こえてきたのです。

フロムは、擦り切れた油布を踏んでブーツについた雪を払い落としているところでした。ランタンをその部屋唯一の家具である台所用の椅子の上に置き、それから、フロムの手がドアを開く。

「入ってください」と彼の声。その声がすると、ぼそぼそという声は静まりかえり……

イーサン・フロムという人間を知るための手掛かりを得たのはこの夜でした。そして、彼の物語という幻影を組み上げていったのです……

I

村は二フィートもの雪の下に埋まり、風荒ぶ街角には吹き溜まりができている。鉄のような空では北斗七星を形作る星々が氷柱のようにぶら下がり、オリオンは冷たい炎を放っている。月はすでに沈んでいたが、夜の空気は澄んでいて、楡の木々の隙間に見える白い家の前壁は雪を背にして灰色に見えた。茂みの塊が雪に黒い模様をつけ、教会の地下室の窓からは黄色い光が果てしなく続く起伏の向こう側まで射していた。

若きイーサン・フロムは、人のいない通りを足どり早く歩いていた。銀行、最近できたマイケル・イーディのレンガ造りの店、門のところに黒いドイツトウヒが二本植えられたヴァーナム弁護士の家。ヴァーナム家の門の向かい側、コーベリーの谷に向かって道が消えていくところには、教会の細長く白い尖塔と柱列が見えた。若きフロムが教会に向かって歩いていたとき、建物の上部の窓は側壁に沿って黒いアーチを描いていたが、コーベリー通りに向かって地面が急に傾斜している側の下のほうにある窓からは、光がまるで長い棒のように射していた。その光は、地下室の扉に通じる道にある、まだ新しい轍を照らし出し、そこに隣り合う小屋には、手厚く毛布をあてがわれた馬と、彼らが引く橇の列が見えた。

夜は完全な静寂を湛え、空気は乾燥して澄み切っていたため、寒いという感じはほとんどなかった。フロムが覚えたのは、寒さというよりはむしろ、空気が一切なくなったかのような感覚だった。足元の白い地面と金属質な天球との間には、エーテルよりもはかないものなど存在しないかのように。「くたびれた受信機の中にいるみたいな感じだな」と彼は思った。四、五年前、彼はウースターの工科大学で一年のコースを受講し、気さくな物理学の教授の研究室に顔を出していた。そのときの体験から得られたイメージは、今も思いもよらぬタイミングで甦ってくることがある。あのときとはまったく関係のない思考の連なりの中に、ふとあの日々が甦るのである。父親の死とそれに続く不幸な出来事のせいで、イーサンの研究生活は早々に幕切れを迎えることになった。学問は実用に供するほどのものにはならなかったが、それは彼の想像力を養い、日常的なものごとの表面の裏にある巨大な、それでいてはっきりとはわからない、意味というものの存在に気づかせてくれた。

雪原を歩いていると、そのような意味の閃きが脳内で生まれ、切るような足取りから生じる体の火照った感覚と混じり合っていった。村の端の、暗くなった教会の前で足を止めると、素早く息をしながら、通りを見上げたり見下ろしたりしたが、動く人影はどこにもない。コーベリー通りの斜面、ヴァーナム弁護士宅のトウヒの木の下になったところは、スタークフィールドの住人が好んで橇滑りに使う場所で、晴れた日の夕方には、教会の一角では橇滑りに興じる人々の歓声が遅くまで鳴り響く。しかし今晩は一台も橇の姿は見えず、白く長い下り坂に落ちる影はひとつもなかった。真夜中の静けさが村を覆っていて、まだ起きている人々はすべて教会の窓の内側に集っていた。ダンス音楽が黄色い光の帯とともに流れ出している。

若者は建物の脇を通り、地下室の扉に向かって斜面を下った。中から差している光を避けるために、踏みつけられていない新雪の上を一周し、徐々に地下室の壁の反対側へと近づいていった。そこから、やはり影を抱擁しながら、いちばん近い窓に向かって慎重に歩を進め、部屋の中を垣間見ることができるまで、真っ直ぐな細身の体を隠したまま首を伸ばした。

彼が立つ、透き通った、そして凍えるような暗闇からこうして眺めてみると、部屋は熱気で沸き立っているように見えた。ガス灯についた金属製の反射板が白塗りの壁に荒っぽい光の波を浴びせ、ホールの端にあるストーブの鉄でできた脇腹は、まるで火山の炎でうねっているかのようだった。フロアは女の子たちと若い男らで混み合っていた。窓に面した壁には台所用の椅子が並べられており、ちょうど年配の女性たちが立ち上がったところだった。そのころには音楽が止み、演奏家――バイオリン奏者と、日曜日にハルモニウムを演奏しにくる若い女性――が、ホールの端の壇上、食べ残しのパイとアイスクリームの皿が並んだテーブルの片隅で、急いで食事をかきこんでいた。客たちは帰る支度をしていて、人の波はすでにコートやショールが掛けてある通路へと向かって流れ始めていた。そのときのことだった――活き活きとした足取りとくしゃっとした黒髪が特徴の、ある若い男がフロアの中心へと進み出て、両手を打ち鳴らしたのだった。この合図はたちまち功を奏した。演奏家たちは急いで楽器へと向かい、踊り手たち――その一部はすでに帰宅するために外套を羽織っていた――は、部屋の両端に整列した。年配の観客たちは椅子へと戻り、先ほどの活気に満ちた青年は、人だかりの中をあちこち飛び回っては、すでに桜色の「誘惑（ファッシネーター）」〔髪につける装身具のこと〕を頭に巻き終えた女の子をリードし、彼女をフロアの端まで連れていくと、ヴァージニア・リールの跳ねるようなリズムに合わせて、フロアじゅうをくるくると回転させた。

フロムの心臓は早鐘を打っていた。さっきからずっと、あの桜色のスカーフの下に、黒みがかった髪をなんとか見つけようとしていたが、自分よりも早く他人に見つけられてしまっているのではないかと思って、悶々とした気持ちに襲われていた。リールのリーダーはアイルランドの血を引いているかのように見え、ダンスが上手く、パートナーもその情熱を受け取っていた。列を下り、彼女の軽やかな姿が手から手へと、ますます速く円を描くように揺れ動いてゆくと、スカーフが頭から外れて肩の後ろへと流れた。フロムは彼女がターンをするたびにその姿を見ていた——彼女の笑いに喘ぐ唇、額に絡む黒髪、そして、迷路のように飛び交う線上に、唯一の定点のように見える黒い瞳を。

踊り手たちはどんどんスピードを上げ、演奏家たちはその速さに追いつこうと、騎手が最後の直線で馬を駆るかのように楽器を強く打った。だが窓の外にいる若者からすると、曲は無限に続くかのように思えた。彼がときおり、女の子の顔からパートナーの顔へと目を向け直すと、ダンスのもたらす高揚のなかで、その顔はふてぶてしくも所有者意識のようなものに彩られていた。デニス・イーディはマイケル・イーディの息子で、父はアイルランド出身、野心的な雑貨店経営者。父親の物腰の軟らかさと厚かましさは、スタークフィールドにとって初めての「スマートな」ビジネス手法となり、新しくできたレンガ造りの店舗はその試みの成功を証明していた。その息子もまた同じ手法に学んでゆくことはほぼ確実で、目下その知恵をスタークフィールドの乙女たちを征服することに応用している。これまでイーサン・

フロムは彼のことを単に意地の悪い男だと思うだけで、それ以上どうということもなかったのだが、今ではその手に馬用の鞭がほしいと思っていた。彼女が気がつかないふうなのが不思議でならない。どうして無我夢中のその顔を相手に向け、その手を相手の手にあずけながら、その眼差しや肌の触れ合いに嫌悪を覚えずにいられるのだろう。

こうして何か楽しみが村で催されるという貴重な晩には、フロムは妻のいとこ、マティ・シルバーを迎えにスタークフィールドまで歩くことが習慣となっていた。マティと一緒に暮らすようになったとき、こうした外出の機会を与えようと提案したのは妻ジーナだった。マティ・シルバーはスタンフォード出身で、ジーナの手助けをするためにフロム家で同居を始めた。無給で来てもらうことだし、地元での暮らしとスタークフィールドの農場での孤立した暮らしとに、あまりギャップを感じないようにという計らいだった。しかしそのわりには——と、フロムは冷笑的に振り返る——ジーナがマティの楽しみなんてものに考えを巡らせることなどほぼ皆無だったろう。

マティにときどき夜の外出をさせようと妻が最初に提案したとき、あえて口に出しはしなかったものの、イーサンは不満に思ったものだった。農場でのハードな一日のあと、村まで往復二マイルも余計に移動しなければならないなんて。だがそれからしばらくも経たないうちに、スタークフィールドは毎晩でもお祭り騒ぎをすればいいのにと思うようになった。

マティ・シルバーとひとつ屋根の下で暮らし始めてから、もう一年になる。早朝から夕食までのあいだに、顔を合わせる機会はいくらでもあった。しかし、彼女といっしょにいるなかでも、農場まで夜をふたりで通り抜けてゆくあの時間、彼女の腕を自分の腕と組み合わせ、自分の長い歩幅に合わせて軽やかな足取りで彼女がついてくるとき以上のものなどなかった。彼は初めて会ったときからマティに惹かれていた。フラッツまで迎えの馬車を走らせた日のことである。マティは列車から微笑みかけ、手を振っていた。「イーサンですね!」と声を上げながら荷物を抱えて駆け降りてくるその華奢な出て立ちを見て、彼は思った。「家事には慣れてなさそうだけど、ま、ともかく不平をいうタイプじゃなさそうだな」しかし、彼の家に、たとえ小さくとも将来の希望がある若者がやってくるというのは、冷えた暖炉に火を灯す以上の意味があることだった。なにせこの女の子は、当初思っていたような、ただ明るくて使い勝手のいいだけの人物ではなかった。マティは見る目をもち、聞く耳をもっていた。彼はマティにいろいろなものを見せ、いろいろなことを聞かせた。伝えたものごとはすべて、長い余韻と残響を彼女のなかに残し、それは望めばいつだって自分の意思で呼び覚ますことができるのである。そんな感覚は至福そのものだった。

こうした交わりの甘美な部分をもっとも強く感じるのが、農場へと戻る夜の散歩のときである。彼はいつだって周りの人よりも自然のもつ美しさに敏感だった。やり残した学問がこの感性を形にしてくれていて、最悪のときでさえも、大地と空が深く力強い説得力をもって語りかけてくれた。しかしこれまでは、その感情は、言葉を発しない痛みとして彼の内側に残り、喚び起こされる美しさは悲しみのヴェールで覆い隠されていたものだった。世界には自分と同じように感じている人がいるのか、それとも自分だけがこの悲嘆に満ちた特権の犠牲者なのか、それすらもわかっていなかった。そんなとき、自分とは別の精神がひとつ、自分と同じようにかすかな驚きに震えていることを知ったのである。彼のそばに、自分と同じ屋根の下で暮らし、自分と同じパンを食べ、自分がこんな言葉を向けることのできる人間が──「向こう側のはオリオン、右側の大きなやつはアルデバラン、あの小さいのがたくさんあるのは──蜂の群れみたいなやつ──あれはプレアデス……」──あるいは、シダを抜けて突き出た花崗岩の出っ張りの前で、氷河期時代の大パノラマと、そのあとに続く長い、まだ朧げにしかわかっていない時代についての話に魅力を感じてくれる人間がいるということを。マティは彼が学問を身につけていることにほれぼれすると同時に、教えられる新しい知識への驚きも感じていて、そのふたつが混じり合ったことに彼は少なからぬ喜びを覚えていた。そしてこのほかにもまだ、先程のものよりも言葉にはしづらくても、いっそう繊細で美しい感覚があって、ふたりはその静謐な歓びに息を呑み、距離を縮めるのだった――冬の丘に沈む夕陽の冷たい赤、刈り取られた穂が金色に輝く斜面をゆく雲の群れ、太陽に照らされた雪に沈むツガの深く青い影。「まるで絵に描いたみたいだね！」とマティはイーサンに言った。これを聞いてイーサンは、言葉で定義することがこれほどうまくいくことはもうないと思った。自分の内に秘められた魂を表現することのできる言葉が、とうとう見つかったのだと……

教会の外の暗闇のなかに立っていると、こうした記憶が、とうに消えてしまったものがもつ痛切さを帯びて甦ってきた。マティが人々の手から手へとフロアをくるくる回っていくのを見ていると、そんな彼女がどうして自分なんかの退屈な話に耳を傾けているなどと思ってしまったのか、わからなくなった。マティの前以外では明るく振る舞いなどしない彼にとって、マティの明るさは彼への無関心を端的に証明しているように思えた。マティがダンスのパートナーたちに向ける顔は、彼女が彼を見るときの、あの夕陽を受け止めた窓のようなそれと同じものをたたえていた。マティの仕草のなかには、彼が独りよがりにも自分だけに向けられたものだと思いこんでいたものすらあることに気がついた。楽しいと思ったとき、まるで笑う前にそのおかしさを味わおうとでもするかのように、頭を後ろに傾ける仕草。なにか魅力的なものや感動するものがあるとき、瞼をゆっくりと沈めてみせる仕草。

見ているといやな気持ちになったし、そのいやな気持ちは、彼の内側に潜む恐怖を呼び起こしもした。妻ジーナはマティに嫉妬のような感情を示すことはなかったが、近頃ではマティのする家事のことで不平を言うことが多くなり、遠まわしにマティの要領の悪さについて気づかせようとしてくるのである。ジーナはいつもスタークフィールドの人々が言うところの「病気がち」で、もし妻が自分で思っているほど病弱なら、夜の農場への散歩のとき自分と組んでいるあの控えめな腕よりも力強い腕による助けが必要だろう。そのことはフロムでも認めざるを得なかった。元来マティは家事が苦手で、訓練をしてもその欠点は改善されなかった。マティは学ぶのは早いものの、忘れっぽくて夢見がちで、ものごとを真剣に受け止めようとはしなかった。もしマティが自分の愛する男性と結婚すれば、眠っていた本能が目覚め、マティお手製のパイとビスケットが村の誇りになるだろうとイーサンは思っていた。しかし、特定の誰かのためというわけでもない家事仕事になど、彼女は興味をもってはいなかった。はじめのころはあまりの不器用さに笑ってしまったものだ。それにマティもいっしょに笑い、ふたりの友情はますます深まった。彼はマティの未熟な仕事ぶりを補おうと思った。普段よりも早く起きて台所に火を入れ、夜通し薪を運んだ。日中、家事を手伝えると思えば、農場の製材所をほったらかしにすることもあった。女性たちが眠りについた土曜日の夜、こっそり台所に下りて床を掃除しさえした。ある日など、攪拌してバターを作っているイーサンのところにジーナが突然やってきて、無言のまま怪訝な顔をして去っていった。

このところ、妻がマティを疎んじている兆候がほかにも見られるようになってきた。つかみどころはないけれど、不穏な兆しである。ある寒い冬の朝、立て付けの悪い窓から吹き込む隙間風で揺れる蠟燭の明かりのもと、彼は暗闇のなかで身支度をしていた。そのとき、後ろのベッドから妻の声を聞いたのである。

「お医者さまは私が誰にも世話を焼かれずに放っておかれるのを望んではいませんよ」彼女は一本調子な声で不平を言った。

妻は眠っているとイーサンは思っていたので、この声には驚いた。彼女はひっそりと沈黙を続けたあと、突如として爆発でもするかのように言葉を繰り出してくることがあるとはいえ。

彼は振り返って、妻がキャラコの掛け布団に包まれて横たわるぼんやりとした輪郭を見た。その骨高な顔は、枕の白さを受けて灰色がかった色味を帯びていた。

「放っておかれる?」と彼は繰り返した。

「マティがいなくなったとき、ほかに誰も雇う余裕がないってあなたが言うなら、ということです」

フロムは再び背を向けた。剃刀を手にとり、洗面台の上の汚れで曇った鏡に、伸ばした頬が映るように身を屈めた。

「なんでマティがいなくなると思ってるんだ?」

「結婚したらいなくなるでしょう」と妻の間延びした声が後ろから聞こえた。

「いや、君が必要だって言うならマティはいなくなりなんてしないだろ」髭剃りに戻り、顎を強く擦る。

「マティみたいな可哀想な子がデニス・イーディみたいなスマートな人と結婚するのを、私が邪魔してるなんて言われるのはごめんです」ジーナはあからさまに謙遜を取り繕ったふうな口調で答えた。

イーサンは鏡に映った自分自身の顔を睨みながら、頭を後ろに傾けて、耳から顎まで剃刀を引いた。その動作は確固たるものだったが、この態度はすぐに返事をしないための言い訳に過ぎなかった。

「で、お医者さまは私が放っておかれるのは望ましくないとおっしゃっています」とジーナは続けた。「先生は私に、来てくれそうな女の子の当てがあるってあなたに話してほしいとおっしゃっていたんです――」

イーサンは剃刀を置き、笑いながら背筋を伸ばした。

「デニス・イーディ！　それだけなら別の女の子を探すなんてのは急がなくたっていいな」

「そのことで話があるんです」とジーナはしつこく食い下がった。

彼は不器用に見えるほどあわてて服を着ようとしていた。「わかった。だが今は時間がないんだ。もう遅れてる」そう言いながら振り返り、古い銀の懐中時計を蠟燭の火で照らし見る。

ジーナはこれで話は終わりだと受け入れたようで、彼がサスペンダーを肩にかけてコートに腕を通しているあいだ、無言でその姿をじっと見つめていた。しかし彼がドアへと向かっていくと、妻は突然、鋭い声でこう言った。「あなたはいつも遅れてるでしょう。髭なんか毎朝剃るようになってしまって」

デニス・イーディについての模糊とした当てこすりよりも、こちらの刺すような言葉のほうがよほど怖かった。マティ・シルバーが来てから毎日髭を剃るようになったのは事実だった。しかし、冬のまだ夜も明けない暗闇のなか、横にいる妻のそばを離れるとき、彼女はいつだって眠っているように見えたし、自分の見た目の変化になど彼女は気づきもしないだろうと愚かにも思ってしまっていたのだった。過去にも一度か二度、ゼノビアのやり方にかすかな不穏さを感じることはあった。妻は、気づかないふりをして物事を生じるがままにしておいて、何週間か経ってから何気ない言葉で、実はずっとメモを取りながら推理を行ってきたのだと明かすのである。もっとも最近は、そんな漠然とした不安を抱く余地はなくなっていた。彼の中ではジーナそのものが、この重苦しいばかりの現実から、実体のない影となって消えてしまっていたのである。彼の人生すべては、マティ・シルバーの姿を見ることと、その音を聞くことにしかなく、もはやそれ以外の生き方など考えられなくなってしまっていた。しかし今、教会の外に立ち、デニス・イーディといっしょにフロアをくるくると回っているマティの姿を見ていると、これまで直視することを避けてきた兆しや恐れが、一群となって彼の脳裏に暗雲を織りなしていった……

Ⅱ

踊っていた若者たちが一斉にホールから流れ出てくると、フロムは開け放たれた風よけドアの陰へと身をひそめて、醜怪なほど厚着をした人々が解散してゆくのを見守った。揺れ動くランタンの光がまばらに照らし出しているのは、食事とダンスで満たされて紅く染まった顔また顔だった。徒歩で町へ帰る人は大通りへ続く斜面を足早に登り、近隣の農村から来た人々は、小屋の下に停めてある馬橇へと向かってゆっくりと身を寄せていった。

「乗っていかないの、マティ？」小屋の周りに集う人波から女性の声が聞こえ、イーサンの心臓は飛び跳ねた。彼が立っている場所からは、ホールから出てくる人がドアの木の縁よりもすこし足を外へと踏み出さないことには、その姿を見ることはできない。だがドアのひび割れから、返事をする声だけははっきりと聞こえてきたのだった。「まさか！　こんな夜だもの」

マティはすぐそこにいたのだ。思ったよりも近く、薄い板を挟んだだけのところに。もう一度まばたきをするあいだに、マティは夜の闇へと足を踏み出していた。夜闇に慣れたイーサンの目にとって、その姿はまるで陽光の下にいるかのように、くっきりと際立って見えることだろう。気恥ずかしさの波が彼を壁の陰へと引き戻し、イーサンはマティに自分の存在を知らせることなく、押し黙ったままそこに立ち尽くした。マティはいつだってイーサンよりも機敏で、明るく、感情が豊かだったが、不思議なことに、ふたりの出会いからこのときに至るまで、マティの正反対な性格がイーサンを押しつぶしてしまうことはなく、むしろ彼は彼女の気楽さや率直さをいくらか受け取っていた。しかし今は、まるであのウースターでの学生時代のピクニックや、そこで女の子を「おだてようと」したあの日々のように、重々しい気分に、不遜に振る舞いたいような気分に陥っていた。

尻込みしていると、マティはひとりで外に出てきて、イーサンから数ヤードの場所で立ち止まった。ホールを出たのはマティがほとんど最後で、不安げにあたりを見回している。まるで、どうしてイーサンは来てくれないのかと心配しているかのように。そうこうしていると、ある男の影がマティへと歩み寄った。男はあまりにもぴったりとマティに身を寄せていたので、形のなくなった防寒着をまとったふたりの姿はまるで、ぼんやりとしたひとつの輪郭を描いているように見えた。

「紳士のご友人に裏切られたのか、マット？　大変だなそれは！　いや、ほかの女の子になんて言いやしないよ。そこまで落ちぶれていやしないよ」（フロムがどれだけこの男の安っぽい冗談が嫌いだったか！）「でもご覧よ、俺の親父の馬橇が下に来てくれてる。ラッキーだろ？」

女の子の声が明るい口調で、それでいて信じられないとでもいうふうに、こう答えるのをフロムは耳にした。「お父さんの馬橇がそこでいったい何をしてるっていうの？」

「俺が乗るのを待ってるに決まってるだろ。粕毛の若い馬も用意しておいた。ま、今夜ちょっと走りたくなるってことをわかってたんだろうな」イーディは勝ち誇っていた。自慢げに聞こえる言葉の端々に、ロマンチックな響きをつけ加えようとしていた。

マティの心はぐらついているように見えた。フロムからは、彼女がもじもじとスカーフの端を指でもてあそんでいるのが見える。たとえ何があろうと、フロムはマティに自分がここにいることを知らせはしないだろう。だがそれと同時に、自分の命がマティが次にどう動くかにかかっているかのようにも思えた。

「馬を外してくるから、ちょっと待ってて」とデニスは軽く声をかけて、小屋に向かって駆け出した。

マティはじっと佇んでいた。イーディの後ろ姿を目で追いながら、姿を隠した見物人の心を責め苛むような、無言で期待を寄せているような態度だった。フロムは気がついた――マティはもはや、夜闇の向こうに別の人影を探しているかのように、首を左右に振り向けることなどしていなかった。デニス・イーディが馬を支度し、馬橇に乗りこんで、熊皮の敷物を広げて彼女が座るためのスペースをつくるのをマティは止めもしなかった。ところがそのとき、マティはくるりと軽やかに身を翻し、教会の正面へ向かって斜面を駆けだした。

「じゃあね！　楽しんできてね」マティは肩越しに声をかけた。

デニスは声を出して笑った。馬に鞭を入れて、遠ざかっていく人影の横につける。

「来いよ！　早く乗れ！　この角はすごく滑りやすいんだから」デニスは大声で呼びかけ、マティに手を差し伸べようと身を乗り出した。

マティは笑い返した。「おやすみ！　私は乗らないから」

このときにはもう、ふたりの声はフロムの耳に届かないところにあり、その目にふたりの姿は、頭上の斜面の高みに沿うように歩を進めながらパントマイムを演じる影法師に過ぎなかった。しばらくしてイーディが橇から飛び降り、手綱を片方の腕にかけてマティへと歩み寄るのが見えた。イーディはもう片方でマティの腕にすべりこもうとしたものの、彼女は軽快な仕草でそれをかわした。フロムの心臓は漆黒の虚空へといったんは飛び出したものの、ふたたび安全な場所へと震え戻っていた。それからまもなく、馬橇の鐘がチリンチリンと鳴る音が聞こえ、教会の前に果てしなく広がるまっさらな雪原へと向かって、ひとり進んでいく人影が見えた。

ヴァーナム家のトウヒの黒い木陰でイーサンが追いつくと、マティは振り向いてたちまち「あっ！」と声を出した。

「マット、忘れてたと思ったかい？」彼は内気な笑みを浮かべながら尋ねた。

答えは生真面目なものだった。「もしかして迎えに来れなくなったのかと思って」

「来れない？　どこにそんな理由があるっていうんだい？」

「今日もジーナの具合がいいってわけじゃないんでしょ」

「とっくに寝てるよ」ある問いかけが喉元まで迫って、彼は口をつぐんだ。「ひとりで歩いて帰るつもりだったの？」

「べつに怖くなんてないよ！」とマティは笑った。

ふたりはトウヒの木がつくる暗がりの中に立っていた。星々の下で、チラチラとした輝きを放っている広大で灰色の、空っぽな世界がふたりを取り囲んでいる。彼は口から出かけていた質問を投げかけた。

「来ないと思ってたなら、どうしてデニス・イーディと馬橇に乗らなかったの？」

「え、ちょっと、どこにいたの？　なんで知ってるの？　どこにもいなかったでしょう！」

マティの驚きと彼の笑い声は、まるで雪解け水が流れる春の小川のように混ざり合った。イーサンは、自分が何か可笑しくてウィットの効いたことをしてやったんだと感じた。すこしでもその効果が長く続くように、何か眩いばかりの言葉を探しだそうとした。そして、嬉しさにうなりながら、こう口にした。「来て」

イーディがしたのと同じように、腕をマティに回した。腕がマティの脇腹にかすかに触れているんじゃないかと思ったけれど、ふたりとも動かしはしなかった。トウヒの木の下は暗く、肩に隣り合っているはずのマティの頭はぼんやりとしか見えなかった。身を屈めて、頬でマティのスカーフに触れてみたいと思った。一晩中だってこの暗がりで一緒に立っていることができただろう。マティは一歩か二歩進んで、コーベリー通りへと降りる傾斜の上で立ち止まった。凍りついたその坂は、数えきれないほどの人たちが橇で滑り降りた跡が直線状に刻まれており、まるで旅人たちに引っ掻き傷をつけられた宿屋の鏡のように見える。

「月が沈む前には、みんな橇で滑ってたんだよ」とマティは言った。

「そのうちここに来て、みんなと滑ってみたいと思う？」彼は尋ねた。

「そうしてくれる、イーサン？　楽しみ！」

「月が出ていれば明日にでも来ようか」

マティは動かず、それどころか、もっと強くイーサンのそばに身を寄せた。「ネッド・ヘイルとルース・バーナムったら、下にある楡の木にもうちょっとでぶつかるところだったんだって。もう助からないって、みんな思ってた」マティの身震いが腕に伝わってきた。「そうなってたらひどいと思わない？　ふたりはあんなに幸せそうなのに！」

「ネッドは橇をうまく操れないんだろうな。僕がマティを乗せたら、ちゃんと下まで着かせられるよ！」と彼は貶すように言った。

自分で自分を「大きく」見せかけてしまっていることには気がついていた。まるでデニス・イーディのようだ。だが嬉しさのあまり心が浮き足立ってしまい、あの婚約者たちについて「あんなに幸せそうなのに！」と言うマティの声色はまるで、その言葉を自分たちに当て嵌めているかのように響いた。

「あの木は危ないよ。切ったほうがいいと思う」とマティは語気を強めた。

「僕と一緒でも怖いと思うかい？」

「怖くなんかないって言ったでしょ」とほとんど関心のない返し。マティは突然、足早に歩きだした。

こうしてマティの気分がくるくると変わることは、イーサン・フロムにとって喜びでもあり失望でもあった。マティの心の動きには、枝を飛び回る鳥のように計り知れないものがあった。彼には自分の気持ちを表に出す権利などなかったし、そのせいでマティに自分の思いを表現するように促すこともできなかった。だからフロムにとって、彼女の表情や口調の変化は飛び抜けて気になることだった。マティは自分の気持ちを理解しているのだと思い、そのことを怖ろしく感じる。と思いきや、マティは自分の気持ちなどまるで理解していないのだと悟り、今度はがっかりさせられるのだ。今夜に至っては、いくつもの不安が積み重なった結果、目盛りの行きつ戻りつする針は、もう絶望の方へと傾いてしまっていた。マティがデニス・イーディをないがしろにしたことで喜びは最高潮だったのに、その直後、いっそう冷たく無関心な態度を示される。マティに並んで学校のある丘を上り、製材所へと続く道を無言で歩く。そのうち、何か安心させてくれるような言葉がほしいという気持ちが、ますます強くなっていった。

「デニスとの最後のダンスに戻らなければ、僕がそこにいるってすぐ気づけたと思うんだけどな」その言い方は無様なものだった。デニスという名前を、喉の筋肉をぎこちなく硬直させることなく発音することはできなかった。

「でもイーサン、イーサンがそこにいたなんて知りようがなかったし」

「みんなが言ってることは本当なんだな」マティの言葉に直接は答えず、彼は唐突にこう言った。

マティは急に立ち止まった。暗闇のなか、彼女の顔がすばやく自分の方へと上向いたのを感じる。「え、みんなが何て言ってるの?」

「マティが僕たちを置いていなくなるのはもっともだってことだよ」頭に浮かんだそのままのことを、もごもごと言葉にする。

「そんなふうに言われてるの?」ありえない、とでもいうふうにマティは言葉を返した。それから唐突に、美しく高い声を低く抑えた。「ジーナでしょ——もう私とは合わないって?」マティの言葉は途切れた。

ふたりの腕は解(ほど)かれ、ふたりともその場に立ち尽くした。互いに互いの顔をはっきりと見つめようとしながら。

「私がぜんぜんスマートじゃないっていうのはわかってる。ほんとはそうじゃなきゃいけないのに」マティが話を続けるあいだ、彼はなんとか言葉を口にしようとしたが、徒労に終わった。「お金で雇われた子にはできても、私にはほとんどできないことなんてまだいくらでもある——力だってそんなにないし。でもあの人が言ってくれさえしたらやってみるのに。あの人が何も言ってくれないっていうのは知ってるでしょ。そういうのに向いてないっていうのはたまにわかるけど、でもどうしてなの」マティは突如として憤慨し、イーサンに顔を向けた。「教えて——教えて、イーサン・フロム！　もしあなたも私に出て行ってほしいんじゃないなら——」

もし出て行ってほしいんじゃないなら！　生傷に軟膏を当ててもらっているような響き。鉄のような天が溶け落ち、恵みの雨が降っているような感覚。彼はなおもすべてを言い表してくれるような言葉を探した。ふたりは再び腕を組み、出てきたのは結局、深いところから発せられる、「来て」という言葉だけだった。

静寂のなか、ふたりはツガの木の陰となった小道を進んだ。イーサンの製材所が夜闇をじっと過ごしている場所。ふたりが出たのは、そこよりはずいぶんと澄みわたった雪原だった。ツガの木の帯のさらなる向こう側には、星空のもと、灰色で寂しげな広々とした土地がふたりの眼前に広がっている。ときには張り出した雪の塊の下や、うっすらと細身の手を広げるかのような、葉の落ちた枝々のつくる薄い暗がりを通り抜けることもあった。雪原の向こう側にいくつも建っている農家の住まいは、言葉もなく、冷たく、まるで墓石のよう。静かな夜だった。凍てついた雪が足元で弾けるような音を立てるのが聞こえる。森の奥深くで、重みに耐えきれなくなった雪が地面に落ちる音が、まるで銃声のように響きわたった。キツネの吠える声が聞こえると、マティは身を縮めてイーサンに身を寄せ、足取りを早めた。

やがてふたりはイーサン宅の門の前に植えられたカラマツの木々を目にした。散歩はもうおしまいだという感覚が迫ってきて、先の言葉がイーサンの口に甦った。

「僕たちを置いて行きやしないよな、マット?」

マティの控えめな囁き声を聞きとるには、イーサンは身を屈めなければならなかった。

「そんなことしちゃったら、私はどこに行ったらいいの?」

それを聞いてイーサンの心は傷んだ。しかしその口調は彼を歓びで満たしもした。ほかに何を言おうとしていたかも忘れ、マティを自分へと強く引き寄せると、血管の内側に彼女の温もりを感じたように思えた。

「泣いてなんていないんだろ、マット?」

「そんなわけないでしょ」その体は震えていた。

ふたりは門を曲がり、陰になった小高い丘の下を通り抜けた。低い柵に囲まれた、フロム家の墓石がある場所で、墓石は雪のせいでおかしな角度に傾いていた。イーサンは不思議そうに墓石の一群を眺めた。何年ものあいだ、墓はイーサンの物言わぬ随伴者となり、イーサンの落ち着きのなさも、変化や自由を希求する思いも、ずっと嘲笑ってきた。「私たちは逃げなんてしなかった——どうやってお前にそれができよう?」どの墓石にもこう刻まれているかのようだった。自宅の門を出入りするたびに、震えながらこう考えるのだ——「あいつらに仲間入りするまで、自分はここで暮らし続けるんだ」と。しかし今、変化を求める気持ちは消え失せ、小さく囲われているその光景を目にすることによって、ものごとは揺らぐことなく続いていくのだという、温かな感覚が彼を包んだ。

「僕らは君を手放しなんてしないよ、マット」と彼は囁いた。まるで死者でさえ、かつては恋人たちであった彼らでさえも、マティを守るため密やかに手を貸してくれているかのようだった。墓のそばを通りながらこんな考えが脳裏に浮かんだ——「僕たちはいつまでもここで一緒に暮らし、そしていつかマティは僕の隣に身を横たえてくれるだろう」と。

丘を登って家に着くまでのあいだ、彼はそんな幻影を思い描き続けていた。この夢に身を任せたときほど、マティと一緒にいて幸せなことはなかった。坂道の途中で、マティは何か暗がりにあったものにつまずき、イーサンの袖を摑んでなんとか身を立て直そうとした。温かさが波となって体を通り抜けてゆく。それはまるであの幻影の続きのようだった。はじめてマティの体にこっそり腕を回してみたが、マティは抵抗しなかった。夏の小川に浮かんでいるかのごとく、ふたりは歩いた。

ジーナはいつも夕食を食べるとすぐに寝てしまう。雨戸のない窓は暗かった。枯れたキュウリの蔓がポーチからぶら下がっていて、死者が出たことを知らせる喪章がドアに結ばれているみたいだった。イーサンの脳裏にある考えが閃く――「もしそれがジーナのものだったら――」寝室で寝ている妻の姿がはっきりと見えた。わずかに口が開いていて、ベッドのそばに置かれたコップには入れ歯が入っている……

ふたりは家の裏手へと回って、硬いグースベリーの茂みのあいだを進んだ。ジーナは習慣として、ふたりが村から帰ってくるのが遅くなると、勝手口の鍵を敷物の下に置いておく。イーサンはドアの前に立ったが、夢でいっぱいになった頭は重く、腕はまだマティの体に回したままだった。「マット――」何を言いたいのかもわからないまま、彼は口を開いた。

マティは何も言わず、その腕から抜け出した。彼は屈んで鍵を探す。

「ない！」びくりとして身を起こしながら言った。

氷のような暗闇をはさんで、ふたりは互いの姿に目を凝らした。こんなことはこれまで一度もなかったのに。

「忘れたんでしょ」マティは震えるような小声で言った。だが、そんなふうに何かを忘れてしまうなどジーナらしくもないということは、ふたりともわかっていた。

「雪の中に落ちちゃったのかも」とマティは言葉を継いだ。じっと耳を澄ますようにしばし立ち尽くしたあとで。

「じゃあ、押し出されてしまったのかも」彼は同じ口調で続けた。また別の荒唐無稽な考えが頭をつんざいた。もし、中に浮浪者か何かが入り込んでいたら――もし……

もういちど耳に集中した。家の中でかすかな音が聞こえたような気がした。ポケットからマッチを取りだし、膝をついて、その光で玄関のあたりのざらざらとした雪が積もった部分をゆっくりと照らしていった。

まだ膝をついていたときだった。彼の目はドア下の板と水平になっていて、その下に漏れるかすかな光を捉えた。こんな静かな家の中で、いったい誰が動き回っているのだろう。階段が軋む音がして、浮浪者がいるのではないかという思考がまたもや貫くように走った。扉が開くと、そこには妻の姿が見えた。

暗い台所を背にして、妻は骨ばった背筋を伸ばして立っていた。片手でキルトの夜具を平らな胸に当て、もう片方の手でランプを持っている。光は顎と同じ高さに掲げられ、暗闇からそのしわくちゃな喉を明かりのもとへと引きだし、キルトを握っている手首のごつごつとした部分を浮かび上がらせている。光はさらに、カーラーの輪の下にある骨高の顔に浮かぶ窪みと隆起とを幻想的に深めていた。まだマティと過ごした時間が残した薔薇色の霞に包まれていたイーサンにとって、その光景は、目を覚ます前に見る最後の夢のように、強烈な正確さで描き出されていた。自分の妻がどんな姿をしているのか、イーサンにはこのときはじめてわかったような気がした。

妻は何も言わずに身を引いた。マティとイーサンが台所に入ると、冷たく乾いた夜気のせいで、死に絶えたかのごとく凍てついた地下墓所のようだった。

「僕らのことを忘れたのかと思ったよ、ジーナ」イーサンは冗談を言って、足踏みしてブーツについた雪を落とした。

「いいえ。気分がすぐれなくて眠れなかっただけですよ」

スカーフを解きながらマティは前に歩み寄った。桜色のスカーフの色を、紅潮した唇と頬に浮かべていた。「ごめんなさい、ジーナ！　なにかできることはある？」

「いいえ、なにもありませんよ」ジーナはマティから顔を背けた。「あなたは外で雪を払ってきなさい」とジーナは夫に言った。

ジーナはふたりよりも先に台所から出て行こうとしたが、廊下で歩みを止めた。腕を伸ばしてランプを掲げ、ふたりを導くように階段を光で照らした。

イーサンも立ち止まり、コートと帽子を掛けるフックを手探りしているふりをした。狭い踊り場を挟んでふたつの寝室は向かい合っている。ジーナのあとに続いて寝室に入るところをマティに見られることが、今夜はとりわけ厭だった。

「もうすこし下にいるよ」と言い、台所に戻るかのように後ろを振り返った。

ジーナは足を止めて夫のことを見た。「ねえちょっと――いったいなにをするっていうんです？」

「製材所の帳簿を見てくるよ」

妻は彼のことをしげしげと眺めた。遮るもののない剥き出しのランプの炎が、その顔に浮かぶ気難しげな皺を、顕微鏡のように容赦なく照らし出している。

「こんな夜中に？　死にに行くようなものですよ。火はとっくに消えていますからね」

答えることなく、彼は台所に向かって歩み去った。途中、視線がマティのものと交差し、マティの睫毛の向こうにはつかの間の警告の光が宿っている気がした。それからすぐに、睫毛は紅潮した頬に向けて沈み、マティはジーナの先に立って階段を上っていった。

「そうだな。ここは寒すぎるよ」イーサンは同意した。頭を垂れて妻の後に続いて階段を上り、やはり妻に続いて、ふたりの部屋の敷居を跨いだ。

Ⅲ

薪置き場の下で運搬作業があったので、イーサンは翌日早くから家を出ていた。

冬の朝は水晶のように澄んでいた。上りゆく朝陽が透明な空に赤く燃え、薪置き場の縁に暗く青い影が落ち、白くきらめく雪原の向こうには遠くの森が煙のように漂っていた。

イーサンの思考が澄みわたるのは、早朝の静けさのさなかでのことで、そのとき慣れ親しんだ仕事に筋肉は躍り、胸は山の空気を吸いこんで大きく膨らむのだった。ふたりの部屋のドアが閉じたあと、イーサンとジーナは一言も言葉を交わしていない。ジーナはベッド脇の椅子に置いてあった薬瓶から何滴か計量し、それを飲みこむと黄色いフランネルを頭に巻き、顔を背けて横になった。イーサンは急いで服を脱いだ。灯りを消して、そばに身を横たえるとき、ジーナのことが目に入らないようにする。横になっていると、マティが自室で動き回る音が聞こえた。蠟燭の小さな光が踊り場の向こうから差し込み、ほとんど見えないくらいかすかに、ドア下に光の線を描いていた。その光が消えるまでじっとそこに目を凝らしていた。やがて部屋は真っ暗になり、なんの音もしなくなった。あとにはただ、ジーナの喘息気味な寝息が聞こえるばかり。考えなければならないことがたくさんあって、イーサンは混乱していたが、それでも、じんじんする血管と疲れきった頭を、たったひとつの感覚が疼くように貫いていた。寄りかかったマティの肩の温かさ。抱きしめたとき、どうしてキスをしなかったのだろう？　ほんの数時間前であれば、こんな疑問を自分に投げかけることはなかっただろう。ほんの数分前、家の外にふたりきりで立っていたときでさえ、キスをしようなどとは思わなかっただろう。だが、ランプの光に照らされたあの唇を見たときから、あれは自分のものだと思えてならなかった。

今、朝の輝かしい空気のなかで、彼女の顔はまだ目の前にあった。それは太陽の放つ紅い色の一部であり、雪上の透明なきらめきの一部でもあった。スタークフィールドにはじめて来てから、マティはなんと変わったことだろう！　駅で会ったあの日の彼女は、細っこくて、色彩を欠いたようだった。やがて最初の冬が訪れ、北風が薄い羽目板を揺らし、緩んだ窓を雪がまるで雹のように叩くようになると、あの子はどれほど寒さに震えていたことか！

マティがこの厳しい生活、寒さや孤独をいやになってしまうのではないかと思うと怖かった。だがその顔に不満の色が浮かぶことはなかった。ジーナのほうでは、マティにはスタークフィールドのほかに行くところなどないのだから、ここでうまくやっていくほかないのだと考えていた。だがイーサンにとっては、それが決定的なものとは思えなかった。なんにせよジーナは、そんな理屈を自分の身に当てはめて考えてみることはなかったのである。

この子には不幸な事情があって、そのせいで自分たちのところで、ある意味では奉公のようなことをさせられているかと思うと、イーサンはいっそうやりきれない気持ちになった。マティ・シルバーはゼノビア・フロムのいとこの娘である。マティの父は丘陵地帯からコネチカットへ降りてきて、そこでスタンフォード出身の若い女性と結婚し、その父が経営する、成りゆき順調の「薬局業」を継ぐと、一族のあいだに嫉妬と賞賛の入り混じった感情を燃え立たせたのだった。しかし不幸なことに、オーリン・シルバー、とどまることを知らぬ遠大な目標の持ち主は、目的が手段を正当化すると証明するにはまだ早すぎる死を遂げた。帳簿はその手段とやらがどんなものだったかを明らかにしたに過ぎず、妻と娘が帳簿を吟味したのが、彼の堂々たる葬儀の終了後だったことは幸福だったというほかない。妻はそのことが発覚したショックにより死去、そしてマティ、齢にして二十の娘は、ピアノを売ったことで得られた五十ドルだけを手に、独りで生きていくことになったのである。身につけている技術は、種類こそあれど、その目的に適ったものではなかった。帽子の縁飾りをつけたり、糖蜜でキャンディを作ったりすることもできるし、「今宵晩鐘は鳴らず」を暗唱することも、「カルメン」のメドレーや「失われた音階（ロスト・コード）」を弾くことだってできる。活動の幅を速記や簿記といった方向に広げてゆこうと考えていたそのとき、健康を損ねた。デパートの売り子として立ちっぱなしの仕事を半年のあいだ続けたが、そのことで健康が上向くなどということがあるわけもなかった。近い親類らは生前の父から貯金を預けるよう唆されていた。それでも父の死後彼らは、悪に対しては善で報いよというキリストの教えに従って、寛容にも惜しみない助言をくれこそしたものの、物質的な援助まで期待することはできなかった。だが、ゼノビアの主治医が家事を手伝ってくれる人を探すよう勧めると、一族はたちまち、これがマティにそれまでの埋め合わせをさせるチャンスだと判断した。ゼノビアにはこの娘の手際がいいとは思えなかったが、遠慮なく欠点を挙げつらっても出て行かれる恐れがあまりないというのは魅力的だった。こうしてマティはスタークフィールドへ来ることになったのである。

　ゼノビアによる粗探しは無言のまま行われたが、だからといって鋭さを欠くというものではなかった。最初の数か月のあいだ、イーサンはマティがゼノビアに反抗する姿を見たいと焦がれたかと思えば、はたまた、その結果を恐れて身震いしていた。やがて、状況は緊迫したものではなくなっていく。澄んだ空気と、屋外で過ごすことのできる長い夏の時間が、活力と弾むような気持ちをマティに取り戻してくれた。ジーナは複雑に折り重なった体の不調へと割く時間がますます増え、マティの失敗をあまり気にしなくなっていった。土地の痩せた農場とつぶれかけた製材所を運営してゆく重荷に耐えながらも、少なくとも家の中には平和が訪れているとイーサンは思っていた。

今このときになってもまだ、風向きが変わるような気配が実体を伴って感じられるようなことはまるでなかった。しかし、昨晩から、イーサンの頭上には漠然とした不安が漂っていた。ジーナの頑なな沈黙、マティの突然の警告するような眼差し。それはある澄み渡った朝に、陽が暮れるころに雨が降り出すことを告げる、ともすると気づかないような、ささやかな予兆に触れた記憶を思い起こさせた。

不安はあまりに強く、彼は男がよくやるように、事態が固まってしまうのを先延ばしにできないかと考える。運搬作業は昼過ぎまでかかり、材木はスタークフィールドの建築業者であるアンドリュー・ヘイルへ届けることになっていた。イーサンからすると、使用人として雇っているジョーサム・パウエルには歩いて農場まで戻ってもらい、自分は馬で村まで荷物を運んだほうが楽だった。イーサンは丸太の上によじ登ってそこにまたがると、ぼさぼさの葦毛たちにおおいかぶさるようになった。すると、彼と、首から体温が蒸気となって立ち上る馬たちとのあいだに、昨晩マティに向けられたあの警告の眼差しが、幻影となって浮かんでいた。

「これから何か問題が起きるのだとしたら、その場に立ち会っていたい」そう漠然とした思いを巡らせながら、馬を放して厩へ帰すよう、ジョーサムには思いがけない指示を出した。

雪の降り積もった農場を、ふたりは重々しい足取りでゆっくりと進んだ。台所に入ると、マティはストーブの上からコーヒーを持ち上げているところで、ジーナはすでにテーブルについていた。妻の姿を見て、夫は思わず足を止めた。妻はいつものキャラコの部屋着とニットのショールではなく、茶色いメリノでできた、手持ちの品では最上のドレスを着ていた。薄い髪にはまだカーラーのきついうねりが残っていて、その上には婦人帽（ボンネット）がまっすぐ載っている。それを見てイーサンは、その帽子を買うのにベッツブリッジの店で五ドルも払ってやらなければならなかったことをはっきりと思い出していた。妻のそばの床には、彼の古い鞄と、新聞紙に包まれた帽子入れが置いてあった。

「おい、どこに行くんだい、ジーナ?」驚いて声をあげた。

「刺すようにひどく痛むものだから、ベッツブリッジでマーサ・ピアースおばさんのところに泊めてもらって、そこで新しいお医者さんに診てもらうつもりですよ」彼女は事実を粛々と述べるような調子で答えた。まるで物置にジャムの具合でも見にいくような、屋根裏へちょっと毛布を探しにでもいくような調子で。

普段は座りっぱなしの生活をしているにもかかわらず、こんなふうに突然の決断を下すことは、これまでのジーナにも見られなかったわけではない。これまでにも二度か三度、なんの前触れもなくイーサンの鞄に荷物を詰めてベッツブリッジや、さらに遠いスプリングフィールドまでへも新しい医者のアドバイスを求めて出かけたことがあった。費用のことを考えると、夫はこうした遠征を恐れずにはいられなかった。ジーナはいつだって高額な薬を大量に買いこんで来るし、前回スプリングフィールドを訪ねたときなんて、忘れもしない、ろくに使い方などわかりもしない電気器具とやらに二十ドルも払ってしまった。だが今に限っては、安堵の気持ちがほかの感情を凌駕していた。昨日の夜、ジーナが「気分がすぐれなくて」眠れないと言っていたのは本当だったのだ。こうして唐突に医者からのアドバイスを聞きに行くというのはつまり、いつものとおり、ジーナは自分の健康以外のことにはまるで関心がないということなのだ。

文句を言われるとでも思っていたかのように、妻はもの悲しげにこう続けた。「もしあなたが資材運びで忙しいのなら、ジョーサム・パウエルに栗毛でフラッツまで送らせてください。列車に間に合うようにね」

夫は妻の言葉にほとんど耳を傾けてはいなかった。冬の時期、スタークフィールドとベッツブリッジのあいだに乗合馬車はない。コーベリー・フラッツに停車する列車は時間がかかり、本数も少なかった。イーサンがすぐさま計算してみたところでは、次の日の夕方までジーナが農場に戻ってくることはない……

「もしジョーサム・パウエルに送ってもらうのに反対でしたら……」イーサンが黙っているのは反対を暗に示していると思ったのだろうか、彼女は再び口を開いた。出発の間際になると、妻はいつも口数が無闇に多くなってしまう。「これだけはわかるのですけれど」と妻は続けた。「もう今の状態では長いこといられないんですよ。今はもう痛みが足首にまできてしまっているんです。そうでなければ、あなたに迷惑をかけることなんてせずに、自分の足でスタークフィールドまで歩いて行って、マイケル・イーディに頼んで、食料品を運んでくる列車に合わせてあの人がフラッツまで遣っている荷馬車に乗せてもらっていたでしょうね。こんな寒さのなか駅で二時間も待たされるでしょうけれど、それでもあなたに言われるくらいなら――」

「いやもちろん、ジョーサムが送ってくれるよ」イーサンは自分を奮い立たせて答えた。ジーナが話しているあいだ、ふと、自分がマティを見ていたことに気づいたが、なんとか視線を妻に向ける。妻は窓に向き合って座っていた。積もった雪がつくる斜面の反射する淡い光が彼女の顔を、いつもよりもいっそうやつれて、血の気のないものに見せていた。耳と頰のあいだにある三本の横並びの皺はますます深く、細い鼻から口角に向かっては不満げな線が何本か刻まれているのが見える。妻は夫よりもほんの七歳年上というだけで、夫はまだ二十八歳なのに、妻はすでに老婆だった。

イーサンは何かこの場を取り繕うにふさわしい言葉をかけようとしたが、脳裏に浮かぶのはたったひとつのことだけだった。マティがいっしょに暮らすようになってから初めて、ジーナが一晩家を空けるということ。マティも同じことを考えているのだろうかと思った……

どうして夫が自分をフラッツまで送ってくれないのか、材木のほうはジョーサム・パウエルにスタークフィールドまで運ばせればいいではないかと、ジーナが疑問に思っているにちがいないとはイーサンも思った。最初はいい口実が思いつかなかったが、やがて彼はこう言った。「自分で送ってもいいんだが、材木の代金を集金しなきゃいけないからな」

その言葉を口にした途端に後悔した。それが嘘だからというだけではなく――ヘイルから現金を受けとれる見込みはなかった――治療の旅を前にしたジーナに収入があると思わせることがいかに軽率なことなのか、経験的にわかっていたのだ。しかし今このとき、唯一の希望として頭にあるのは、あの歩いてばかりで走ろうとしない老栗毛に引かれてジーナとはるばる乗っていくことなど、どうにかして避けたいということだけだった。

ジーナはすんとも応えなかった。話を聞いてもいないようだった。彼女はすでに皿を脇に寄せ、肘のそばに置いた大きな瓶から水薬をはかり取っていた。

「これを飲んだってすこしもよくなりはしなかったけれど、最後まで飲みきるくらいはしたっていいでしょうね」と言い、空になった瓶をマティに押しつけながら、こうつけ加えた。

「味がとれたら、この瓶ピクルスに使えるよ」

Ⅳ

妻が出かけるとすぐに、イーサンはコートと帽子をフックから手に取った。マティは皿を洗いながら、前夜のダンスの曲を口ずさんでいる。「じゃあね、マット」と言うと、彼女は「じゃあね、イーサン」と明るい調子で応えた。

台所は暖かく、明るかった。南側の窓から差し込む陽の光が、動き回る女の子の姿や、椅子でうたた寝をしている猫、そして玄関先から持ちこまれたゼラニウムを照らし出している。花はイーサンがマティのために「庭を作ろう」と言って夏に植えたものだった。もうすこしその場にいて、片付けを終えたマティが腰を据えて縫い物にとりかかるのを見ていたかった。だがそれよりも、運搬作業を終わらせて夜までに農場に戻りたいという気持ちのほうが強かった。

村までの道のりを行くあいだずっと、マティのもとへ帰ることに思いを馳せていた。台所は貧相な場所で、イーサンの少年時代に母が「ぴかぴか」に保っていたときの輝きはなかった。だがそれでも、ジーナがいないというただそれだけのことで、どれだけそこが家庭的な色彩を帯びるかというのは驚くほどだった。そして、今晩、夕食後にマティと自分がそこで一緒にいるときのことを思い描いた。はじめて家の中でふたりだけの時間を過ごすのだ。ストーブを挟んで、まるで結婚した夫婦のようにふたりは座る。彼は靴を脱いでパイプをくゆらせ、彼女はあの独特な仕方で笑ったり話したりする。その声は、いつ聞いても初めて聞くかのような、新しいものに感じられた。

こうして思い描いた絵の甘やかな心地よさと、ジーナとの「問題(トラブル)」の不安が杞憂に終わったとわかった安堵があって、気分は一気に高揚し、普段は無口な彼も、雪原を進みながら口笛を吹いたり、声に出して歌ったりした。彼の中にはまだ、スタークフィールドの長い冬でもまだまだ消し去ることのできない、社交性なるものの火種が眠っていたというわけである。生来、生真面目で口下手な彼は、他人がもつ大胆さや陽気な性格にほれぼれとしたものだし、人との友好的な付き合いがあれば、そのおかげで骨の髄まで温められてもいた。ウースターでの彼は内向的で楽しい場が苦手という評判だったが、背中を叩かれたり、「よう、イース」とか「よう、堅物」と呼びかけられたりすることを密かに喜んでいたものだった。そうした交流が断たれてしまうせいで、スタークフィールドへ戻ることは余計に寒々しいものとなった。

彼を取り囲む沈黙は、年を経るごとに深まっていった。独り、父の事故のあと、農場と製材所という重荷を背負う彼には、村を楽しくぶらぶらと歩く時間もない。母が病気になると、家にいるときの孤独が農場に出ているときよりも重く苦しいものとなった。母はよく喋る人だったが、あの「問題(トラブル)」があってからは、話す力こそ失っていないものの、声が聞かれることはほとんどなくなってしまった。ときおり、冬の夜長、息子は疲れ果ててやけになるかのように、どうして「何も言わないの」と聞くことがあった。母は指を上げてこう答える。「なぜって、聞いているから」嵐の夜、風が大きな音を立てて家を取り巻いているとき、息子が話しかけると、不満そうにこう言うのだった。「外で話していて聞こえないわ」

彼女に最期の時が近づき、いとこのゼノビア・ピアースが隣の谷から看病を手伝いに来ると、ようやく家の中に人間の会話というものが再び戻ってきた。命にも関わるような沈黙のうちに長く囚われていた彼にとって、ジーナのおしゃべりはまるで音楽のように耳へ響いた。もしこの新しい声音が自分を支えてくれることがなかったなら、自分はまるで「母のようになっていた」かもしれないと思っていた。ジーナは一目でその状況を見て取ったようだった。

病人の看護についてなんてなんにも知らないんだね、とジーナは笑い、「すぐに働きに行って」、ぜんぶ自分に任せればいいからと言った。ジーナの指示に従うというそれだけのこと、好きなように自分の仕事を再開し、ほかの男と話ができるというただそれだけのことで、ぐらついていた精神の平衡は回復し、ジーナには借りがあるという感覚が強くなっていった。ジーナの手際のよさを見ていると、気恥ずかしくなり、その姿が眩しく映った。ジーナは家事に関するあらゆる知恵を本能的に身につけているように見えた。長い見習い期間を経ても彼には身につけることのできなかったものだ。終わりの日が来たとき、馬を出して葬儀屋を呼ぶよう彼に告げる役目を担ったのはジーナであり、このとき彼女は、母の服やミシンが誰のものになるのかを事前に決めておかないのは「おかしい」と思っていた。葬儀のあと、ジーナが出て行く準備をしているのを見て、イーサンは自分が農場にひとりとり残されることが無性に怖くなった。自分が何をしているのかもわからないうちに、自分といっしょにここにいてほしい、と頼んでいた。母親の死がもしも冬ではなく春の出来事だったらこうはならなかったのに、と以来よく考えたものだった……

結婚したとき、ふたりはこのように同意した。フロム夫人の長い闘病生活によって生じたさまざまな困難を彼が解消したら、農場と製材所を売って、大きな町に移って勝負に出る。

イーサンは自然を愛してはいたが、だからといって農作業が好きになるということはなかった。彼はずっとエンジニアになりたいと思っていたし、講演が催され、大きな図書館もあり、いつも「同好の士が何かをしている」場所で暮らしたかった。ウースターで大学に在学していた時期、フロリダでちょっとしたエンジニアの仕事を経験したことがあった。そのおかげでイーサンは自分の能力にますます自信をもつことができたし、世界を見てみたいという思いも強くなっていた。ジーナのような「スマートな」妻がいれば、そこに自分の居場所をつくることができるのもそう遠いことではないと、たしかにそう思うことができた。

ジーナの生まれ育った村は、スタークフィールドよりもすこしばかり大きく、鉄道にも近い場所にあった。ジーナがまず夫に伝えたのは、結婚して孤立した農場で生活することなど、自分にはとても考えられないということだった。だが農場の買い手はなかなか見つからず、それを待っているあいだに、ジーナを別の場所に移住させることはできない相談であることがわかった。ジーナはスタークフィールドを見下すことにしたものの、一方で自分を見下してくるような場所に住むことはできなかったのである。ベッツブリッジやシャッズフォールズでさえ、ジーナのことなどさほど知る人はいなかったし、イーサンが惹かれるような大都市に出てしまえば、彼女は自分が何者なのかを完全に見失ってしまうだろう。そうこうして結婚から一年ほど経ったころ、ジーナは「病弱」になってしまった。それも、症例には事欠かないこの地域の人々さえ、以来ずっと注目し続けるほどに。ジーナが母親の世話をするようになったとき、イーサンにはジーナがまさに健康にまつわるものごとの天才のように見えた。だがイーサンがすぐに悟ったのは、ジーナの看護師としての技術は、自分の症状を夢中で観察するなかで得られたものだということだった。

結局、ジーナも沈黙に沈んだ。農場での生活がもたらす避けがたい影響なのかもしれず、あるいは妻がときおり言っていたように、イーサンが「聞く耳をもたない」からなのかもしれない。この非難がまるで根拠のないものだったというわけではない。ジーナが口を開けば出てくるのは不平不満ばかりだったし、その不満は夫の力で特効薬を見つけられるようなものではなかった。やがてイーサンは、せっかちに反論してしまう癖を直そうとして、返事をしないという習慣を身につけることにし、ついには、ジーナが話しているあいだは別のことを考えるのが習慣になった。ところが最近になって、ジーナのことをよく観察する理由がでてきたということもあって、妻がじっと押し黙っていることが気にかかりだした。母がだんだん無口になっていった様子を思い出して、ジーナも「変」になっていっているのではないかと思ったのだった。女性とはそういうものなのだとはわかってはいる。ジーナはまるで地域全体のカルテが傍らにでもあるかのように詳しかったから、母の看病をしているときなど、そうした症例を次々に紹介してくれたものだ。彼自身、近隣の孤絶した農家のなかに、病気に苦しむ人が伏せっている家や、病人のせいで唐突な悲劇に見舞われた家があることは聞き及んでいた。ジーナの閉ざされた表情を見ていると、そうしたものごとの前兆のようなものを感じて、身が凍るような思いをすることがあった。あるいは妻が黙っていることには、何か遠大な目論みや謎めいた確信を隠す意図があるのではないかと思われることもあった。それがどのような疑念や恨みつらみからきたのかなど、推察のしようもない。こういうふうに思いを巡らせていると、いつにもまして不安な気持ちになる。昨晩、ジーナが台所のドアに立っているのを見たときに味わった感情は、このようなものにほかならなかった。

ジーナがベッツブリッジへと出発したことで、イーサンの感情は今いちど安らいだものとなった。考えることといえば、夜、マティと過ごすことができそうだということばかり。ただひとつ気がかりなことがあるとすれば、材木の代金を現金で受け取るとジーナに言ってしまったことだ。こうして自分が軽率なことをしてしまった結果、どういう目に遭うのかははっきりと予見していたため、仕方がなく、アンドリュー・ヘイルに材木の前金をすこしお願いすることにしたのだった。

ヘイル宅の前に馬橇を入れると、ちょうど建築屋本人が橇から降りてくるところだった。

「よお、イース！」と一言。「ちょうどいいところに来たな」

アンドリュー・ヘイルは赤ら顔で、大きな灰色の口髭をたくわえた男だ。無精髭をはやした二重顎を襟で抑えこむことこそしていないが、几帳面に整えられた小綺麗なシャツは、いつも小さなダイヤモンドのスタッドボタンで留められていた。この豪奢な見た目にだまされる人もいるだろう。というのも、かなりいい商売をしてはいるものの、この男はおおらかに生きることを常としていて、しかも大家族を養う必要があったものだから、スタークフィールドの人々が言う「遅れている」状態にあったのだった。ヘイルはイーサンの家族と旧知の仲であり、あのジーナでさえときおり訪れるような数少ない家のひとつだった。というのもヘイル夫人が若いころ、スタークフィールドに住むどの女性よりも多くの「治療」を施しており、現在でも症状や手当てに関する権威として知られていたためである。

ヘイルは葦毛馬に身を寄せると、汗をかいた脇腹を撫でた。

「おや先生」とヘイルは言った。「あんたはこの二頭をペットか何かみたいに大事にしてるんだな」

イーサンは丸太を降ろす作業にとりかかり、それが済むと、ヘイルが事務所として使っている小屋のガラス張りのドアを押し開けた。ヘイルはストーブの上に足を乗せ、書類が散乱した古机に背中を預けて座っていた。この場所はこの男と同じように、暖かく、温和で、散らかっていた。

「早く座れよ、あったまっていきな」と彼はイーサンに声をかけた。

どう切り出したらいいものかもわからなかったが、イーサンはなんとか五十ドルの前金をお願いできないかという言葉を口にすることができた。ヘイルの驚きが釘のように刺さり、イーサンの薄い皮膚が赤らんだ。ヘイルは三か月ごとに支払うことを通例としていて、これまで現金で取引をしたことはなかった。

緊急に必要なのだと訴えれば、もしかしたらヘイルならやりくりをして支払いに応じてくれるのではないかとイーサンは思っていた。だがプライドと、生まれもった慎重さのせいで、そんな言い方に頼ることはできなかった。父の死後、赤字を出さずになんとかやっていくことができるようになるまで、ずいぶん時間がかかってしまっていた。アンドリュー・ヘイルにであれ、スタークフィールドの誰にであれ、自分がまた落ちぶれたと思われることは避けたかった。それに、嘘をつくことは嫌いだった。金が欲しいというのなら、それは金が欲しいのであって、理由など他人には関係ない。それゆえ彼は話を切り出したのだが、そこには自尊心の強い人間が、卑しい行いをしていることを認めないときのぎこちなさがあった。ヘイルが断ったことに、イーサンはさして驚きもしなかった。

この建築屋の断り方は、ほかのどんなときとも同じように、愛想のいいものだった。問題をあたかも何か悪ふざけのように扱うのである。なにかい、グランドピアノでも買うつもりなのかい、それとも家に「円屋根」でもつけるつもりなのかい、もし後者ならタダでやってやるよ、と。

イーサンの策はすぐに尽きてしまい、気まずく言葉が途切れたのち、ヘイルに挨拶をして事務所のドアを開けた。外に出ようとすると、ヘイルが後ろから突然呼びとめてきた。「おい――まずい状況なのか?」

「ぜんぜんだ」プライドがイーサンにそう言わせたのは、理性が割って入るよりも早かった。

「ならいいんだ! 俺はきついんだよ、すこしな。実は、お前さんに支払うのもちょっと待ってもらおうかと思ってたんだ。そもそも仕事が少ないうえに、ネッドとルースが結婚するときのために小さい家を建ててるんだ。それは喜んでやってやるんだけど、まあ金がかかるんだ」ヘイルの表情はイーサンに同情を求めていた。「若いやつらはいいものをほしがるものだろ。あんたにもわかるよな。ジーナのために家を直してからまだそんなに経ってないだろ」

イーサンは葦毛馬をヘイルの厩に残し、村で別の用事を済ませた。歩きながら、あの建築屋の最後の言葉が耳に残っていた。スタークフィールドにとっては、七年前にジーナと結婚してから「まだそんなに経っていない」のだと思うと忌々しかった。

午後も終わりに近づき、あちこちで明かりの灯った窓ガラスが、冷たく灰色の夕暮れを照らし出し、雪の白さをますます際立たせていた。天気が悪いせいで誰もが屋内に追いやられていて、イーサンは長く伸びた田舎道をただひとり進んだ。突然、馬橇の鈴が賑やかに響きわたり、手綱も引かない馬に任せた小さな橇がそばを通りすぎていった。マイケル・イーディの粕毛、雄の子馬だ。若きデニス・イーディもいる。新しくて立派な毛皮の帽子をかぶったデニスは、橇から身を乗り出して手を振った。「こんにちは、イース!」そう叫んで先を急いでゆく。

橇はフロム家の農場の方角に向かっていた。心臓がきゅっと縮まるような思いをしながら、イーサンは遠ざかってゆく鈴の音を聞いた。ジーナがベッツブリッジに出かけたことをデニス・イーディが聞きつけ、これに乗じてマティと一時間ばかりいっしょに過ごせないかと思っているにちがいない。それ以外に何が考えられる？　胸に襲い来る嫉妬の嵐を恥ずかしく思った。つのる思いがこれほどまでに烈しくなるのは、あの子にはふさわしくないことのように思えた。

教会の角まで歩いて行き、ヴァーナム家のトウヒが落とす影に身を寄せた。前の晩にあの子といっしょに立っていた場所だ。暗がりに入ると、すぐ前方に、ぼんやりと人影が見えた。近づくと、人影は瞬時に融けてふたつの影に分かれ、それからまた合わさった。キスの音と、半笑いの「あれっ！」という声。人がいることに気がついたのだ。慌てた様子で人影がまたふたつに分かれ、その片方がヴァーナム家の門をやかましく閉めているあいだに、もう片方の影がイーサンの前を急いでいった。自分のせいでふたりがうろたえたのを見て、イーサンは笑った。ネッド・ヘイルとルース・ヴァーナムがキスをしているところを見られたからといって、それがどうしたっていうんだ？　スタークフィールドの人なら誰だってふたりが婚約したことを知っている。この場所で恋人たちを驚かせたというのは、イーサンにとって悦ばしいことだった。なにせここは、自分とマティが互いを求める気持ちを心に抱きながら立っていた場所なのだ。それでも、あのふたりは幸せを隠す必要などないのだと思うと、胸が苦しく感じられた。

ヘイルの厩へ葦毛を取りに戻ると、農場への長い道を上りはじめた。寒さは早い時間よりも和らいでいた。ぶ厚く、羊毛のような雲があることからすると、明日はひどい雪になるかもしれない。雲の向こうにはあちこちで星々が光り、その後ろには深い青を泉のようにたたえた空が広がっている。一時間か二時間もすれば、月が農場の後ろにそびえる尾根を越え、金色に縁取られた雲の裂け目を描き出すだろう。それから、月は雲に飲みこまれてゆく。雪原には哀しげな平穏が広がり、まるで野が安らかな寒さへと身を委ね、長い冬の眠りについているかのようだった。

鈴の音が響いてこないかとイーサンは耳を澄ませていたが、侘しげな道のりの静寂を破るような音は何ひとつとして聞こえない。農場に近づくと、見えてきた。門に植えられたカラマツが薄いスクリーンのようになっているその向こうで、家の二階に明かりが灯っている。「あの子は自分の部屋にいるんだな」と独りごちた。「夕食のために身支度してるんだろう」マティが到着した日、髪を梳かし、首にリボンをつけて夕食に下りてきたときのジーナの嫌味な視線が思い出された。

小高くなったところにある墓場のそばを通りすぎるとき、そのなかでも古い墓石のひとつに目をやった。子どものころからどうにも気になって仕方がなかったものだ。なにしろ、その墓石には自分の名前が刻まれていたのである。

イーサン・フロムとその妻エンデュランス
平穏な日々をともに
五十年間にわたって過ごす
ふたりの思い出に捧げる

五十年という年月なんて、いっしょに過ごすにはずいぶん長い時間だなと以前の彼なら思ったものだ。だが今では、そんな時間など瞬く間に過ぎ去ってしまうかもしれないという気がしていた。それから、矢のような唐突さで皮肉が襲い来る。自分たちの番が来たら、ひょっとすると自分とジーナにも同じ墓碑銘が刻まれてしまうのではないか。

納屋の戸を開けて、暗がりに頭を突っこんでみた。デニス・イーディの若い粕毛が栗毛の隣の馬房にいるのではないかと不安になったのだ。だがそこには老馬がぽつんといるだけで、歯のない顎で飼料桶からもしゃもしゃと食んでいる。イーサンは気分よく口笛を吹きながら葦毛を馬房に入れ、ごほうびの大麦を余計に振り分けてやった。イーサンは美声の持ち主というわけではなかったが――粗削りなメロディらしきものが喉から湧き上がっていた。そのまま納屋の鍵を閉め、家へと向かって丘を軽快に登る。勝手口のポーチにたどり着くと、ノブを回したが、意に反して、ドアは開かなかった。

鍵がかかっていることに狼狽し、ノブを激しく動かした。続けて頭に思い浮かんだのは、マティはひとりなのだし、夕暮れどきに戸締まりをして身を守るのは当然だということだ。暗闇のなかに立ち、マティの足音が聞こえてくるのを期待して待った。その音が聞こえてくることはなく、無為に耳をそばだててから、歓びに声を震わせてこう叫ぶ――「おーい、マット！」

返答は沈黙のみ。だが一、二分もしたとき、階段で音がして、ドア枠をかたどるように光の線が見えた。前の夜に見たのとちょうど同じようである。不思議なことに、前日の夜の出来事が正確に繰り返されている。そのせいで、鍵を回す音が聞こえたとき、敷居の上に現れるのは妻の姿なのだろうとなかば確信したほどだった。だがドアが開いたとき、向き合ったのはマティだった。

マティはジーナが立っていたのとまるで相違なく、ランプを手で持ち上げ、真っ暗な台所を背景にして立っていた。ランプを同じ高さで手にしている。明かりが同じ明確さで描き出しているのは、若々しくほっそりとした喉元と、子どもほどの大きさしかない褐色の手首。そして、光が上へと向かうと、唇にぽつぽつと光沢を浮かび上がらせ、ビロード状の影が瞳を際立たせていた。黒い弧を描く眉の上部は乳白色に染まっている。

マティはいつものように黒っぽいワンピースを着ていて、首元に蝶結びのリボンはつけていなかった。だが髪には、髪の流れに合わせるかのように、深紅のリボンを結んでいた。非日常をたたえるその印によって、彼女の姿はまるで見違えるかのような変貌を遂げ、輝きを放っていた。イーサンの目からすると、マティは以前よりもすらりとして、より豊満に、体つきも仕草もますます女らしくなったように見えた。マティがそばに控えて、静かに微笑みを浮かべるなか、イーサンは台所へと足を踏み入れる。それからマティは、柔らかで流れるような足取りで、そばから離れた。マティがランプをテーブルの上に置くと、そこには入念に支度された夕食があった。作ったばかりのドーナツ、ブルーベリーの煮込み、明るい赤のガラス皿にはイーサンの好物のピクルス。ストーブには明々と火が燃え、その前には猫がゆったりと身を横たえている。眠そうなその目はテーブルに向けられていた。

幸福感のあまり、イーサンは息が詰まりそうだった。廊下に出るとコートをかけ、濡れたブーツを脱いだ。戻ると、マティはティーポットをテーブルに置いていた。猫がマティの足首にその身を何か言いたげにすり寄せている。

「あら、猫ちゃん！　つまずいちゃうところだったじゃない」マティは声をあげた。睫毛のあいだから笑い声がきらめくかのようだ。

イーサンはまたしても嫉妬が疼くのを感じた。自分が帰宅したことであの子があんなふうに燃え立つような表情を浮かべてくれたなんてことが、ほんとうにあり得るのだろうか？

「マット、誰かお客でもあったのかい？」と言葉を投げかけた。無造作に身を屈めて、ストーブの留め具を調べながら。

マティはうなずいた。「ええ、ひとり」と笑って口にする。イーサンは眉間のあたりに暗いものが広がってゆくのを感じた。

「誰だい、それは？」と尋ねた。しかめた眉の下から彼女をちらりと見るために体を起こしながら。

マティの瞳は悪戯っぽく躍っていた。「まあ、ジョーサム・パウエルよ。戻ってきてから寄っていったの。帰る前にコーヒーを一杯飲んでいきたいってね」

暗いものは散り失せ、脳内に光の奔流が流れ込むかのようだった。「それだけかい？　で、ちゃんと飲ませてあげたんだろ？」すこし間をおいて、こうつけ加えてもおかしくないだろうと思って、口にした。「あいつ、ジーナをちゃんとフラッツまで送ってくれたんだろうね？」

「ええ。余裕で間に合ったと思うわ」

その名前が出たことで、ふたりのあいだに悪寒が走り、しばらくのあいだ、立ったまま横目で互いを見つめ合った。やがて、マティが気恥ずかしそうに笑いながら言った。「そろそろ夕食の時間だね」

ふたりがテーブルに向かって椅子を寄せると、猫が突然ふたりのあいだに飛びこんできて、ジーナの空いている椅子に座った。「あら、猫ちゃん！」とマティは言って、ふたりはまた笑った。

イーサンはほんのすこし前までは、口から言葉が溢れんばかりだと感じていたものの、ジーナの話が出たことで、麻痺したような状態になってしまった。その戸惑いが伝染でもしたかのように、マティは目を伏せて、座ってお茶をちびちびと飲んだ。イーサンはドーナツや甘いピクルスを飽くことなく食べているふりをしていた。とうとう、口火を切る頃合いをうかがうと、イーサンはお茶をぐっと飲み干して咳払いした。そして言う。「まだまだ雪が積もるみたいだな」

マティは大いに興味がそそられたふりをした。「そうなの？　ジーナは帰ってこられるかしら」思わず口をついて出た問いかけに、マティは顔を赤らめると、口元に運びかけていたカップを慌てて置いた。

イーサンはまたピクルスの手を借りようと手を伸ばした。

「なんとも言えないな、この時期については。フラッツではかなりひどく吹くからな」イーサンはその名前に、またしても体の感覚を失ったようになった。いまいちどジーナがこの部屋に、ふたりのあいだにいるような気がした。

「ちょっと、猫ちゃん、欲張りすぎよ！」マティが声をあげた。

猫は気づかれぬうちに、ジーナの椅子からテーブルにそっと忍び寄り、牛乳の入ったピッチャーに向かってこっそり身を伸ばしていた。イーサンとマティのちょうどあいだだ。ふたりは同時に身を乗り出し、ふたりの手が、ピッチャーの取っ手のうえで出会う。マティの手が下にあった。イーサンは必要以上に長い時間、その手を握りしめていた。猫はこの珍しい感情の表出に乗じて、気づかれぬうちに退散しようとした。そうして猫がピクルスの皿に後ずさったそのとき、皿は床に落ちて砕け散った。

マティは即座に椅子から飛び上がり、破片のそばに膝をついた。

「ああ、イーサン、イーサン――全部バラバラだわ！　ジーナがなんて言うだろう？」しかし、今度はイーサンが勇気を奮い立たせる番だった。「なんと言おうが、文句を言われるのは猫さ！」イーサンは笑いながら、マティのそばに膝をついて、こぼれた汁に浮かぶピクルスを拾い集めた。

マティは苦しそうにイーサンへ目を向けた。「ええ、そうね。でも知ってるでしょ。ジーナはこのお皿を使おうとなんてしてなかった。お客さんが来たときだってね。私はわざわざ脚立に登って、食器棚のいちばん上、ジーナが大切にしているものをしまってる場所から下ろしたのよ。なんでそんなことをしたのかって聞かれちゃうわ――」

事態は深刻だった。その深刻さゆえに、イーサンの内側で眠っていた意思の強さが残さず呼び覚まされた。

「君が黙っていれば、ジーナは何も知らなくて済む。明日にでも似たようなものを買ってくるよ。どこで手に入れたものだい？　必要ならシャッズフォールズまでだって行くよ！」

「行ったってもう見つからないわ！　結婚祝いだったのよ――覚えてないの？　はるばるフィラデルフィアから送られてきたものよ、あれは。牧師の奥さんになったジーナのおばさんがくれたの。だからジーナは絶対に使わなかったのよ。ああ、イーサン、イーサン、私、どうしたらいいの？」

マティの頬を涙が伝った。その粒のひとつひとつが、まるで焼けた鉛となって自分に向かって降りかかってくるような気がした。「やめてくれ、マット。やめて——やめてくれ！」イーサンはマティに訴えかけるように言った。

マティはなんとか身を起こした。彼も立ち上がり、なすすべもなくマティのあとに続いた。マティは台所の戸棚にガラスの破片を広げている。それはあたかも、ふたりで過ごしたこの夜の砕けたかけらがそこに身を横たえているかのようだった。

「ほら、かして」イーサンの声は唐突に威厳に満ちたものとなった。

マティは脇に寄った。その声の調子に本能的に従いながら。「ああ、イーサン、どうするつもり？」

応えもせずに、イーサンはガラスの破片をその大きな手のひらに集め、台所から廊下へと出て行った。蠟燭の先に火をつけ、食器棚を開けると、長い腕をいちばん上の棚板に伸ばし、正確な手つきで破片を並べていった。よくよく確認してみたが、皿が割れていることなど下からは見分けがつくまい。翌朝にでも接着剤でくっつけてしまえば、妻が気づくのは何か月も経ってからかもしれないし、そのあいだにシャッズフォールズやベッツブリッジで似たものが手に入るかもしれない。直ちに発覚する心配はないと思い、足取り軽く台所に戻ると、マティは床に散らばったピクルスの最後の残りをもの寂しげに片付けていた。

「大丈夫だよ、マット。戻って夕食を食べちゃおう」イーサンは命令するような調子で言った。

マティはすっかり安心して、涙に濡れた睫毛の向こうできらめきを放っていた。自分の口調がマティを落ち着かせたのを目にすると、イーサンの魂は誇らしさで大いに満たされた。マティは、そこで何をしたのかを尋ねもしなかった。巨大な丸太を操って製材所まで山を下りてくることを除けば、これほどまでに心震える感覚を彼は知らなかった。自分がものごとを制御しているかのような感覚を。

V

食事を終えると、マティがテーブルを片付けているあいだ、イーサンは牛の様子を見に行き、最後に家のまわりを見て歩いた。大地は曇天のもと暗く横たわり、空気はしんと静まりかえっていて、ときおり木から雪の塊がドスンと落ちる音が、植林地のはずれのほうから聞こえてくる。

台所に戻ると、マティはイーサンの椅子をストーブのそばに寄せてくれていた。マティ自身は、ランプのそばに座ってちょっとした繕い物をしている。それはまさに、朝に夢見た情景そのものだった。イーサンは腰を下ろすと、ポケットからパイプを取り出し、炎のつくる明かりに向かって足を伸ばした。刺すように冷たい空気にさらされながら一日中重労働に勤しんだあとでは、すぐに気怠さと和やかな気分に包まれた。あたかも別世界にでも来てしまったかのような感覚を戸惑いとともに覚える。すべてが温かく調和していて、どれだけ時間が経とうとも、変化など訪れることのない世界。このまったき幸福に欠点があるとしたら、それはマティの姿が彼の座っている場所からは見ることができないということだった。だがあまりにも気が緩んでしまっていて動くことなどできず、しばらくしてからこう口にした。

「こっちに来て、ストーブのそばに座らないかい」

ジーナの空っぽなロッキングチェアが正面にあった。マティは言われるがままに立ち上がり、その椅子に座った。マティの若さをたたえた褐色の頭部が、いつもは妻のやつれた顔を縁取るパッチワークのクッションから浮き上がるのを見て、イーサンは一瞬、衝撃を受けた。もうひとつの顔が、いまや取って代わられたはずの顔が、ここに座る侵入者の顔をかき消してしまったかのように見えたのだ。しばらくすると、マティもまた同じ、圧迫されるような感覚にとらわれたようだった。マティは姿勢を変え、前かがみになって頭を仕事の上にかぶせた。そのせいでイーサンの視界には、小さく見えるマティの鼻先と、髪の毛に沿って流れるような赤いリボンしか届かなくなってしまった。マティは静かに立ち上がると、「見づらくて縫えないわ」と言ってランプのそばにある椅子に戻った。

イーサンは薪の補充を口実にして立ち上がると、戻り際に椅子を横にずらして、マティの横顔と、その手に落ちるランプの明かりが目に入るようにした。猫は、普段ではなかなか見られないこうした住人の動きを戸惑いながら観察していたが、ジーナの椅子に飛び乗ると、ボールのように体を丸めて、目を細めてふたりにじっと視線を向けた。

部屋は深い静寂に包まれていた。棚の上では時計が時を刻み、ストーブの内部ではときおり、焦げた木片が落ちた。ゼラニウムのかすかな、それでいて刺激のある香りが、イーサンのパイプからたゆたう煙の匂いと混ざりあった。煙は青みがかった霞をランプに投げかけ、薄暗い部屋の隅には、灰色がかった蜘蛛の巣を張り巡らしたかのような影をつくっている。

ふたりを縛るものはもう何もなかった。気楽な、素朴な会話が始まった。日常的なこと、雪の見通し、次回の教会での社交のこと、スタークフィールドにおける恋や諍いのこと。こうしたありふれたことを話していると、すでにマティと長い時間をいっしょに過ごして、その結果として親しくなったかのような気がした。どれほどの感情のほとばしりがあろうとも、それではもたらされない親密さ。想像力がつくりだす虚構に、イーサンは身を任せた。いつもふたりでこんな夜を過ごしてきたし、これからもいつだってこの調子でいくだろう……

「今晩だよね、橇滑りに行こうって言ってたのは、マット」だいぶ間をおいてから、彼はそう口にした。そう言いながら、なにせ時間なんてものは限りなくふたりの前に広がっているのだから、いつだって好きな夜に出かけられるという余裕を感じていた。

マティは微笑みかえした。「忘れたんだと思ってたわ！」

「いや、忘れてたわけじゃないよ。ただ外が真っ暗闇だろ。明日、月が出てたらでもいいんじゃないかな」

マティは嬉しそうに笑った。頭を後ろに反らせ、ランプの光が唇と歯にあたって煌めいている。「素敵ね、イーサン！」

イーサンはマティをじっと見つめていたが、話題が変わるたびにマティの表情がくるくると変わる様子に驚嘆してしまう。まるで夏の柔らかな風が吹きわたる麦畑のようだ。イーサンは酔いしれたような気分になった。自分のぎこちない言葉に、こんな魔法みたいな力があるなんて。この力の新たな使い方を知りたいと、イーサンは切に願った。

「僕といっしょにコーベリー通りまで行くのは怖いかい？　こんな夜に」と尋ねた。

マティの頬はますます赤く染まった。「イーサンのほうが怖がりでしょ！」

「じゃあ、怖いってことにしとこう。だから行かないことにするよ。下に大きな楡の木があるひどいカーブだからね。しっかり目を開けていないと、木に突っ込んじゃうからな」保護者のような、そして威厳ある上位者のような響きが自分の言葉に備わっている気がして、イーサンはその感覚に浸った。それを長続きさせようと、よりしっかりしたものにしようと、こうつけ加えた。「ここにいるだけでも十分だけどな」

マティはゆっくりと瞼を沈めた。イーサンの好きな仕草だ。「そう、これで十分よ」彼女はため息をついた。

マティの口調は実に甘やかに感じられ、イーサンは、パイプを口から離し、椅子をテーブルに寄せた。身を乗り出して、マティが縁をまつっている茶色い布の端に触れる。「ねえ、マット」と彼は笑顔で切り出した。「ヴァーナムさんのところの木の下で、さっき家に帰る途中、なにを見たと思う？　君の友達がキスされてたよ」

この言葉は、この夜ずっと喉元まで出かかっていたものだ。ところがいざ口にしてみると、言いようのないほど下品で場違いなものに思えた。

マティは髪の毛の根元まで顔を赤らめた。針を二回、三回と手早く引く。知らず知らずのうちに布の先をイーサンから遠ざけながら。「ルースとネッドだったんでしょ」とマティは低い声で言った。まるでイーサンが何かゆゆしき問題に触れてしまったかのように。

あのふたりを引き合いに出すことをきっかけに、気軽に冗談を言い合えるような仲になれるかもしれないとイーサンは思っていた。これがきっかけとなって、無邪気にマティの体に接することのできるような関係になれるのではないかと。たとえそれが、手に軽く触れるようなものであったとしても。しかし今、マティが顔を赤らめていることは、まるで揺らめく炎が彼女を護っているかのように感じられた。自分がそう感じるのは、生まれもったぎこちなさのせいだろうとイーサンは思う。たいていの若い男なら、きれいな女の子にキスをすることなど造作もないものだとイーサンは知っていたし、前の晩、マティの体に腕をまわしたとき、それは無抵抗に受け入れられたことも覚えていた。しかしあれは、家の外、あの開かれた、無関心な夜の下での出来事だった。今、この暖かく薄明かりに照らされた部屋で、昔ながらの調和と秩序がほのめかされるなかにあっては、マティは自分から果てしなく遠く、いつにもまして近寄りがたい存在に見えた。

気まずさを和らげようとイーサンはこう言った。「もうすぐ日取りが決まるんだろうね」

「ええ。夏のあいだにでも結婚したっておかしくないでしょうね」結婚という言葉をマティは、まるでその言葉を愛おしく撫でるかのように声に出した。その声はまるで、魔法のような草地へと通じる、ひそやかなざわめきをたたえた茂みのようだった。痛みが弾けるようにイーサンを貫いた。椅子に座ったままマティから身を遠ざけて、イーサンは言った。「次は君の番になったって不思議ではないよね」

マティは曖昧に笑った。「どうしていつもそんなことばかり言うの?」

イーサンはマティと同じように笑った。「たぶん、そういう考えに、馴染んでおかないといけないから」

イーサンがテーブルへと向かい直すと、マティは黙って、瞼を伏せたまま縫い物を続けた。イーサンは座ったまま、魅入られたかのように、マティの手が布片の上を行ったり来たりするのをじっと見つめた。以前、鳥のつがいが、作っている最中の巣の上を、短い間隔で何度も急降下しているのを見たときとちょうど同じように。しばらくして、顔を上げることも瞼を上向かせることもせずに、マティは低い声色で言った。「それって、ジーナが何か私に不満をもってるからってこと？」

この言葉によって、それまで恐れていたことが、完全武装した状態で新たに襲いかかってきた。「いや、どういうことだい？」とイーサンは言葉に詰まった。

マティは悩ましげな瞳を彼のほうに向けた。縫い物をテーブルの上に、ふたりのあいだに置きながら。「わからないわ。ただ昨日の夜、あの人はそんなふうに見えたから」

「どんなことなのか教えてくれないか」イーサンは声を絞り出した。

「ジーナのことなんか誰にもわからないわ」ジーナのマティに対する態度を、ふたりがこれほど率直に話したことははじめてだった。ジーナの名前を繰り返し口にしていると、あたかもその響きが部屋の隅々まで伝わり、長い音の反響となって戻ってくるかのようだった。マティはまるでその響きが収まるまで猶予を与えるかのように待ってから、こう続けた。

「ジーナから何も聞いてないの？」

イーサンは首を横に振った。「いや、ひと言も」

マティは額にかかった髪を払って、笑った。「たぶん気にしすぎただけね。これ以上は考えないようにします」

「そうだね――そう、考えないようにしよう、マット！」

イーサンの口調が急に熱を帯びたせいで、マティの頬はまた赤らんだ。急にそうなったわけではなく、すこしずつ、つつましやかに、彼女の心のなかを思考の兆しがゆっくりと横切っていくかのように。マティは座ったまま押し黙り、手は縫い物のうえでぎゅっと組まれていた。巻かれもせずにふたりのあいだに置かれた布に沿って、彼には、温かなものが流れこんでくるかのように感じられた。イーサンは慎重に手のひらをテーブルに沿って滑らせ、指先が布の端に触れるようにした。マティの睫毛がかすかに揺れたので、マティはイーサンの仕草に気がついていたのかもしれない。温かなものはマティにも流れこんでいたのかもしれない。マティは自分の手で布のもう一方の端に触れて、じっと動かさなかった。

ふたりでこうして座っていると、後ろで音がして、イーサンは振り向いた。猫がジーナの椅子から飛び降りて、羽目板の裏にいるネズミを狙いにかかったのだ。勢いあまって、空になった椅子は、幽霊でも座っているかのようにゆらゆらと揺れている。

「明日の今ごろには、本人がこの椅子に座ってるんだろうな」とイーサンは思った。「夢を見ていたんだ。僕らがいっしょにいられるのは、今日この夜しかないんだ」現実に戻ったときの痛みは、麻酔が切れて意識が戻ったときと同じくらい辛かった。体も頭もなんともいえない疲労感でうずき、何を言ったらいいのかも、何をしたらいいのかも、考えることなどできなかった。このひとときがとてつもない速度で過ぎ去ってしまうのを、どうにかして阻まなくてはいけなかったのに。

気分の変化は、マティにも自ずと伝わったようだった。マティはうつろな様子でイーサンを見上げていた。眠気で瞼が重くなって、努力しないと目も開けていられないかのようだった。マティの視線はイーサンの手元に落ちていた。その手はいまや縫い物の端をすっぽりと覆い、まるで布が彼女の一部でもあるかのように摑んでいる。イーサンは、マティの表情がそうとは気がつかないほどかすかに震えたのを見ると、自分が何をするのかもわからぬままに身を屈め、自分が握っているものにキスをした。唇がまだそこにあるうちに、布がゆっくりと動き始めたのがわかった。見ると、マティは立ち上がり、黙々と布を巻き取っていた。それをピンで留め、指ぬきとハサミを手に取り、いっしょに道具箱へ戻した。箱を覆う手の込んだ装飾紙は、以前イーサンがベッツブリッジから買ってきたものだった。

イーサンも立ち上がり、部屋をぼんやりと眺めた。食器棚の上にある時計が十一時を指していた。

「火は大丈夫？」マティは低い声で尋ねた。

イーサンはストーブの戸を開けて、燃えさしをあてもなくつついた。身を起こすと、マティがカーペットを敷いた古い石けん箱をストーブのほうへ引きずってきていた。猫が寝床にしているものだ。それからマティはもういちど部屋の端へと戻り、ゼラニウムの鉢をふたつ抱え、冷気の入ってくる窓から遠ざけた。イーサンはマティに倣って、残ったゼラニウムや、ひび割れたガラスボウルに入れたヒヤシンスの球根、それに古いクロッケー用のフープに絡ませたツタギクを動かした。

こうして寝る前の仕事を終えると、あとは廊下からブリキの燭台を持ってきて、蠟燭に火をつけ、ランプを消すだけだった。イーサンが燭台をマティの手に渡すと、マティはイーサンよりも先に台所から出て行った。手に持つ明かりのせいで、マティの黒みがかった髪は、月にかかり揺れる霧のように見えた。

「おやすみ、マット」とイーサンは言った。マティの足は階段の一段目に触れたところだった。

マティは振り返り、すこしのあいだイーサンのことを見ていた。「おやすみ、イーサン」マティはそう応え、階段を上った。

マティの部屋のドアが閉まったとき、イーサンは自分が彼女の手に触れさえしなかったことを思い出した。

Ⅵ

翌朝の朝食どきには、ジョーサム・パウエルがふたりのあいだにいた。イーサンは自分が感じている歓びを、大げさに無関心を装うことで隠そうとしていた。椅子にふんぞりかえって猫に食べかすを投げてやったり、外の天気を見て不平を漏らしたり。マティが食器を片づけに立ち上がっても、手伝おうとすらしなかった。

どうしてこうも訳もなく幸福なのか、イーサンにはわからなかった。自分の人生にもマティの人生にもなんら変化など訪れてはいないのに。マティの指先に触れることもなければ、マティの瞳をじっと覗きこむこともなかった。だがこうして一夜をともに過ごしたことで、マティの傍らで生きるということがどのようなことなのか、幻影のように浮かぶそれをイーサンは見て取ることができた。彼は今となっては、絵画のように甘やかなそのイメージを台無しにしてしまうことなく済んだことが嬉しく思えていた。何が自分を押しとどめたのか、その答えをマティならわかっているのではないかという気がしていた……

村まで運ばなくてはならない材木がまだ残っており、ジョーサム・パウエルは――冬のあいだは不定期にしか来てもらっていなかったのだが――そのために「寄り道して」来てくれていた。だが夜のうちにみぞれ混じりの湿った雪が降って、道はガラスのようになってしまっていた。空気には昨夜よりもさらに湿り気があって、ふたりの見通しでは、午後に近づくにつれ天気は「緩んで」、道も今よりは安全なものになりそうだった。そこでイーサンは助手のジョーサムに提案した――前日の朝と同じく植林地で材木を橇に積みこみ、スタークフィールドまで「馬たちに牽かせる」必要があるが、それをやるのは午後になってからにしようと。この計画であれば昼食後に、ジョーサムをフラッツまでゼノビアの迎えにやらせることができるし、そのあいだに自分は材木を村に運ぶことができる。

ジョーサムには葦毛たちに馬具をつけてくるように言い、イーサンはわずかのあいだだがマティとふたりきりで台所にいることになった。マティは朝食で使った食器をブリキの皿洗い桶に押しこんでおり、細腕を肘までまくってそのうえに身を屈めている。熱い湯からほとばしる湯気が額を雫となって滴り落ち、セットしてもいない髪は濡れて、細い茶色の輪のようになっている。まるで旅人の眼福(クレマチス・ヴィタルバ)と呼ばれるあの蔓のように。

イーサンは立ったままマティを見つめた。心臓が喉元にあるかのように高鳴っている。もう言ってしまいたかった。「こんなふうにふたりきりになることは、もう二度とないんだよ」と。しかしその言葉が口にされることはなく、イーサンは食器棚から煙草入れを取りだし、ポケットに入れてこう言った。「昼食には間に合うと思うよ」

「わかったわ、イーサン」とマティは答えた。去り際、マティが皿を洗いながら鼻歌を歌うのが聞こえた。

イーサンの目論見では、馬橇に材木を積んだらすぐにジョーサムを農場に戻らせ、自分は徒歩で急ぎ村まで出てピクルス皿の接着剤を買うつもりだった。運に見放されなければこの計画を実行する時間はあったはずだ。だがものごとははじめからどれもうまくいかなかった。植林地に向かう途中、葦毛のうち一頭が、てかてかに凍りついた氷で足を滑らせ、膝を切ってしまった。馬をもういちど立ち上がらせると、やむを得ず、ジョーサムは切り口を縛るための布を取りにいちど納屋へ戻った。いよいよ積みこみが始まってからも、またみぞれ混じりの雨が降りだし、木の幹が滑りやすくなってしまった。そうなると、木を持ち上げて橇に乗せるのに、いつもの倍は時間が取られてしまう。ジョーサムが言うところの「仕事をやるにはきつすぎる朝」というやつで、馬も濡れた毛布の下で震えながら足を踏み鳴らしていた。

どうやら馬も男たちと同じで、こんな朝など好きにはなれないのだろう。仕事が終わったのは昼食の時間をとっくに過ぎていた。もう村まで下りる時間など残されていない。怪我をした馬を家まで引いて帰り、傷を洗うのは自分でやってやりたかったからだ。

昼食を終えてすぐに材木を持って出発し直せば、接着剤を買って農場まで戻れるのではないかとは思っていた——ジョーサムとあの年老いた栗毛が、ゼノビアをフラッツから連れ帰るよりも前に。だが、そううまくいく見込みなどほとんどないこともわかっていた。頼みは道の状態と、ベッツブリッジの列車が遅れてはくれないかというわずかな可能性だけ。あとになってイーサンは、忌々しく自嘲しながら思い出すことになる。頭でこねくり回すだけのそんな見通しなんてものを、自分はなんと大仰に捉えてしまったのだろうか、と……

昼食を終えるとすぐに、イーサンはあらためて植林地へと出かけた。ジョーサム・パウエルが発つまでわざわざ待ってやることなどせずに。雇われ人ジョーサムはまだストーブの前で濡れた足を乾かしており、なんとかイーサンにできたのは、マティを一瞥してこう小声で囁くことだけだった。「早めに帰るよ」

マティはその言葉の意図を理解し、うなずいてくれた気がした。慰めにもならないようなその空想を胸に、イーサンは雨の中を重々しい足取りで進んだ。

村への道のりを半分ほど過ぎたころ、ジョーサム・パウエルがイーサンを追い越していった。ジョーサムは、乗り気でない栗毛をどうにかフラッツへ向けて歩ませている。「急がないとな」とイーサンは心の中で呟いた。彼よりも先んじて、ジョーサムの馬橇が学校のある丘を下りてゆく。荷下ろしをする段になると、イーサンは十人前の働きぶりをみせ、それが済むと、堰を切ったようにマイケル・イーディの店へ接着剤を買いに向かった。イーディと助手はどうやら「ちょっと出ている」とのことで、若いデニスが普段は店番を代わることなどほとんどないにもかかわらず、ストーブの前でゆったりとくつろいでいた。一緒にいるのは、若さで黄金色に輝いているようなスタークフィールドの面々だ。彼らはイーサンに皮肉たっぷりの空世辞を投げかけ、ちょっと遊んでいきませんかと誘いを向けた。ところが、誰も接着剤がどこにあるかを知らないのである。イーサンはただ、マティとふたりきりになる最後のチャンスを待ち焦がれる一心で、そわそわしながらうろつき回った。デニスは店の暗い一角を、効率の悪い手つきで探している。

「売り切れみたいですよ。ま、親父が戻るまで待っててくれれば見つかるかもしれないけど」

「ありがたいけどね、ホーマンさんの奥さんのところで買えるかどうか聞いてみるよ」イーサンは答えた。早く帰してくれという思いに身を焼きながら。

デニスは商売というものに生まれもった嗅覚があって、こう断言した。イーディの店で手に入らないものは、未亡人のホーマンさんの店でなんてぜったいに見つかりませんよ、と。イーサンはそんなうぬぼれた言葉などお構いなしに、すでに馬橇に乗りこみ、イーディの商売敵の店へと向かっていた。そこでも、かなり念入りに探しても接着剤は見つからず、ホーマン夫人は、何に使うんだい、もし見つからなければ普通の小麦粉を溶かして使ってもいいんじゃないかい、などと、同情でもするようにあれこれ尋ねだした。とうとう、ホーマン未亡人はたった一本だけ接着剤の瓶を見つけ出したのだった。それは咳止め飴やコルセットレースが寄せ集めになった下に隠れていた。

「大切にしてるものをジーナが壊したってわけじゃなければいいんだけど」葦毛を家の方角に向けたイーサンの背に、ホーマン夫人は叫んだ。

ときおり思い出したように降っては地面で弾けていたみぞれは、しとしとと降り注ぐ雨へと変わっていた。馬の足取りは荷物がなくても重かった。一度か二度、馬橇の鈴の音が聞こえてくると、イーサンは振り返り、ジーナとジョーサムが追いついてくるのではないかと思った。だがあの老いた栗毛の姿は見えず、また雨降る風景へと向き直ると、イーサンはよたよたと進む二頭の馬をなんとか先へと促してゆく。

馬を入れたとき、納屋に先客はいなかった。馬にはかつてないほど気の抜けた手入れをしてから、イーサンは家まで大股で向かい、勝手口のドアを押し開けた。

思い描いていたとおり、マティはひとりきりだった。マティはストーブの鍋に身を屈めていたが、足音が聞こえると、びっくりして振り返り、イーサンに向かって飛びつくように近づいた。

「ほらマット、皿を直すものを買ってきたよ！　早くやっちゃおう」イーサンは大きな声で言った。接着剤の瓶を振りながら、マティの身をそっと横にどける。だがマティには彼の言うことなど耳に入っていないようだった。

「ああ、イーサン――ジーナはもう戻ってるのよ」マティは小声で言った。その手はイーサンの袖口を摑んでいる。

ふたりはその場で立ち尽くし、互いを見つめ合った。まるで犯罪人のように青ざめた顔で。

「でも、納屋に栗毛はいなかったじゃないか！」イーサンは言葉に詰まった。

「ジョーサム・パウエルは奥さんのためにフラッツで何か買ってきたから、そのまま乗って家に帰ったのよ」マティはそう説明した。

イーサンは台所を自失したように見渡した。雨がちな冬の薄明かりのなか、そこは冷たく、荒涼としていた。

「様子はどうだ?」とイーサンは尋ねた。マティの囁き声にあわせて、声を落としながら。

マティは不安げに目を逸らした。「わからないわ。すぐに自分の部屋に上がっちゃったから」

「何も言わなかったのかい?」

「何も」

イーサンはいぶかしむように低く口笛を鳴らした。接着剤の瓶をポケットに押し込む。「心配しなくていいよ。夜になったら下に降りて直しておく」と彼は言った。濡れたコートを着直し、納屋へ葦毛たちに餌をやりに行く。

納屋にいるあいだに、ジョーサム・パウエルが馬橇で登ってきた。馬の世話が終わると、イーサンはジョーサムにこう言った。「ちょっと上がって、食べていったらどうだい」ジョーサムがその場にいてくれれば、夕食の雰囲気はいくぶん中和されたものになるはずだと思ったのだった。なにせ旅行のあと、ジーナが「神経過敏」になることはわかりきっている。ところがこの雇われ人は、給料とは別に与えられる食事を断ることなど普段ならほとんどないのに、力強い顎を押し開いてゆっくりとこう答えたのである。「ありがたいんですが、もう帰ったほうがいいと思うんでね」

イーサンはジョーサムに驚きの目を向けた。「あがっていって、乾かしたほうがいいよ。夕飯にはあったかいものが出そうだし」

この訴えにも、ジョーサムの顔の筋肉はぴくりとも反応しなかった。彼の知っている言葉の数は少なく、ジョーサムはただこう繰り返すだけだった。「もう帰ったほうがいいんですよ」

イーサンからすると、この男がこうしてただ飯にありつき火に当たる機会を無表情に拒絶している様は、どこか不吉なものに思えた。もしかすると、ジョーサムをここまで頑なにさせるような何かが馬車での移動中にあったのかもしれない。ひょっとすると、ジーナは新しい医者に診てもらうことができなかったのかもしれないし、あるいは医者からの助言が気に入らなかったのかもしれない。イーサンの知るところでは、そういう場合、そのあと最初に会った人物にジーナは不平不満の矛先を向けることが多い。

イーサンが台所に戻ると、前の晩と同じように煌めく快適な空間を、ランプの明かりが照らし出していた。テーブルは同じくらい丁寧に並べられ、ストーブには澄んだ火が灯り、猫がその暖かさに包まれてうたた寝をしている。マティがドーナツの皿を手に歩み寄ってくる。マティとイーサンは黙って顔を見合わせた。それからマティは言った。昨晩とまるで同じような口調で。「そろそろ夕食の時間だね」

Ⅶ

濡れた服を掛けに、イーサンは廊下に出た。ジーナの足音がしないかと耳をそばだてたが、聞こえなかったので、階段から名前を呼んだ。返事はなく、しばしの躊躇いののちに、イーサンは階段を上がって部屋のドアを開けた。部屋は真っ暗に近い状態だったが、暗がりのなかに、ジーナが窓のそばで背筋を伸ばして座っている姿が見えた。窓ガラスに映り込む輪郭はしっかりとしていて、まだ旅装を解いていないことが見て取れた。

「おい、ジーナ」敷居から声をかけてみた。

ジーナは身動きひとつしなかった。言葉を続ける。「夕食の支度ができそうだよ。来ないのかい？」

ジーナはこう答えた。「一口も食べられないと思います」

聖なる儀式のようなものである。いつものとおり、これに続けてジーナは立ち上がり、夕食に向かうことになるとイーサンは思っていた。だがこの日に限って、ジーナは立ち上がろうとしなかった。思い浮かんだのは、これ以上なくこの場に適切な言葉だった。「長旅で疲れてるんだろ」

これを聞いてジーナは振り向いて、厳粛な面持ちでこう答えた。「私の病気は、あなたが思っているよりもずっと重いものなんですよ」

この言葉は、不思議な衝撃をもって彼の耳に響いた。ジーナがこういう言葉を口にするのは以前にも聞いたことがあったが――もしそれが、今になって本当になったのだとしたら？一歩、二歩と、薄暗い部屋に、イーサンは足を踏み入れた。「そうでないことを祈るよ、ジーナ」彼は言った。

黄昏の向こうから、ジーナはなおも彼を見据えていた。その姿は青ざめた威厳をまとっており、まるで大いなる運命に選ばれた人物であることを自覚しているかのようだった。

「合併症（コンプリケーション）ですよ」とジーナは言った。

この言葉が特別な意味をもつことをイーサンは知っていた。近所の人はたいてい「問題（トラブル）」を抱えてはいるが、言ってしまえば特定の、局所的なものだ。ところが、選ばれた人間だけが「複雑に絡み合った問題（コンプリケーション）」を抱えることになる。それに罹ること自体が栄誉の印である。

だがほとんどの場合、それは同時に死刑執行令状を出されたのにも等しい。「問題」と何年も格闘しているうちに、たいていの場合、「合併症」に屈してしまうのだ。

イーサンの心は両極端な感情のあいだを行ったり来たりしていたが、このときばかりは同情する気持ちが優位に立った。妻はとても辛く、孤独そうに見えた。暗闇のなかに座りながら、そんなことを考えているのだ。

「新しい先生にそう言われたのかい？」イーサンは本能的に声を抑えて言った。

「ええ。普通の医者なら手術を勧めるだろうとのことですよ」

イーサンの認識では、外科的な介入という大きな問題をめぐって、近所の女性たちのあいだでは意見が割れていた。手術によってもたらされる名声を喜ぶ人もいれば、下品だといって敬遠する人もいる。経済的な事情もあって、ジーナが後者の党派に属することをイーサンはいつもありがたく思っていた。

ジーナによる告白の重々しい内容に動揺してしまい、イーサンは手っ取り早い慰めの言葉を考えた。「そもそもどういう医者なんだ？　これまではどの先生もそんなことは言わなかったじゃないか」

ジーナが返事をするよりも早く、イーサンは自分が大失敗をやらかしたことに気がついていた。ジーナは同情してもらいたかったのだ、慰めではなく。

「自分の病気が毎日毎日悪くなっていることなんて、わざわざ人に言ってもらうまでもありませんよ。あなた以外の人はみんな気がついてましたよ。ベッツブリッジの人ならみんなバック先生のことを知っています。ウースターに診療所をかまえていて、二週間にいっぺん、シャッズフォールズとベッツブリッジまで往診に来てくれるんですよ。エリザ・スピアーズは先生にかかるまでは腎臓の問題で苦しんでたんですけどね、いまじゃ元気になって聖歌隊で歌っていますよ」

「ああ、それはよかったな。じゃあ、先生の言うことをちゃんと聞くんだよ」イーサンは同情する気持ちを込めて言った。

ジーナはまだ彼のことを見ていた。「そうするつもりですよ」とひと言。ジーナの声色には、これまで聞いたことのない響きが感じられた。泣き言でも非難でもない、乾いた決意のような響き。

「先生はどうしろって言ってるんだ?」新たな出費の予感が高まるのを感じつつ、イーサンは尋ねた。

「先生は、お手伝いを雇えと言っています。私が家のことを何ひとつしなくてもいいようにね」

「お手伝いを雇う？」イーサンはその場で立ちすくんだ。

「ええ。マーサおばさんがすぐに見つけてくれたんです。こんなところまで来てくれる子を見つけられてラッキーだってみんな言ってましたよ。ちゃんと来てくれるようにもう一ドル余分に払うことにしておきました。明日の午後には来る予定です」

激しい怒りと動揺が、イーサンの内側で拮抗していた。直近で金が必要になることこそ予期していたものの、この先ずっと、乏しい財産を吸い取られ続けることになるとは思いもよらなかった。もはやジーナが口にする病状の深刻さを信じることなどできなかった。ジーナがわざわざベッツブリッジくんだりまで出たのは、ただただ彼女とピアース家の親類とのあいだに、使用人を雇う金を自分に押しつけようという企みがあったからとしか思えなかった。

このとき、怒りが凌駕した。

「人を雇うつもりなら、出発する前に話しておいてくれよ」と口にした。

「出発する前に話しておくことなんてできましたか？　バック先生のおっしゃることを私が事前にわかっていたとでもいうんですか？」

「ああ、バック先生ね――」ジーナに対するイーサンの不信は、短い笑いとなって口をついた。「バック先生は、僕がどうやってその人に給料を払ってやったらいいか、ちゃんと教えてくれたのか?」

ジーナの声は夫の声に合わせて激しさを増した。「いいえ、そんなことはありませんでしたよ。なにせ恥ずかしいことですから。私の体のために金を払うことをあなたが惜しんでいるなんてね。私が病気になったのは、あなたの母親を看病したからなのに!」

「母を看病して病気になった?」

「そうです。私の家族はあのときみんな言っていたわ。あなたには結婚でもしてもらうよりほかないって——」

「ジーナ!」

互いの顔を隠す暗がりを介し、ふたりの思考はまるで蛇が毒液を吐くかのように、互いへと向けて飛び交っている。イーサンはこの光景の恐ろしさに身がすくむと同時に、自分がこの場の一員となってしまっていることを恥じた。それは暗闇のさなかで行われる敵同士の殴り合いのごとく、無意味で野蛮だった。

イーサンは暖炉の上にある棚へと向かい、手探りでマッチを探し、この部屋にあるただ一本の蠟燭に火をつけた。はじめこそ、その弱い炎は闇になんら痕跡を残さなかった。だがやがて、ジーナの顔が、カーテンの引かれていない窓ガラスに、陰鬱な仕方で浮かび上がった。窓ガラスは灰色から黒へと転じていた。

こうして互いに怒りをあらわにするのは、七年間に及ぶこの悲痛な暮らしのなかで、はじめてのことだった。やられたことをやり返すというレベルにまで堕ちることによって、イーサンはジーナに対するまたとない優位を失ってしまったように思えた。だがそれでも、ここには現実的な問題があって、それになんとか対処していかなければならないのだった。

「お手伝いに払うようなお金はないんだよ、ジーナ。その人には帰ってもらわないといけないよ。雇うことはできないんだ」

「先生がおっしゃるには、このままのやり方で奴隷のように働き続ければ、私は死ぬことになるそうです。先生は、私がこれまでどうやって耐えてきたのかわからないとまでおっしゃっていますよ」

「奴隷だって！――」イーサンはあらためて自分を抑えた。「なら、もう何もしちゃいけない。医者がそう言うならね。家のことは自分で全部やるよ――」

ジーナが割って入った。「もう農場のことをずいぶんほったらかしにしてるでしょう」それは事実だった。イーサンがどうとも答えることができずにいると、ジーナはその隙をついて、皮肉を込めてこうつけ加えた。「私を救貧院に入れて、それで終わりにしたらいいのですけど……。これまでだって、フロム家の人間が入っていたことはあったでしょう」ジーナの嘲笑はイーサンの心に焼き付いたが、彼はそれを受け流した。「金はない。話はこれで終わりだ」

争いがいっとき止んだ。まるで相戦う者がそれぞれ武器の具合を試しているかのような間だった。やがてジーナは平静な口調でこう言った。「アンドリュー・ヘイルから材木代五十ドル、もらうはずでしたけど」

「アンドリュー・ヘイルの支払いは三か月後だけだ」イーサンは最後まで話さないうちに、前日駅まで妻を送らずに済ますために自分が使った言い訳を思い出した。皺を寄せた眉間のあたりにまで血が昇るのを感じた。

「まあ、昨日言ってたでしょう、現金ですぐもらえるように話をつけたって。そのせいで私をフラッツまで送ってくれなかったんでしょう」

イーサンはうまく欺けるほど柔軟な人間ではなかった。これまで嘘をついたと咎められたことはなく、あらゆる言い逃れとも無縁だった。「誤解だったんだろう」と口ごもりながら言う。

「お金を受け取っていないのですか？」

「ああ」

「受け取るつもりもないんですか？」

「ああ」

「そんなこと、その子を雇うと約束したとき、私にわかるはずがなかったですよね？」

「ああ」声が大きくなるのを抑えようと、すこし間を置いた。「でも、もうわかっただろう。申し訳ない。でも仕方がないよ。君は貧しい男の妻なんだよ、ジーナ。でも、君のためにできる限りのことはするから」

しばらくのあいだ、ジーナは身動きもせずにじっと座っていた。考え込みでもするように。両腕は椅子のアームをなぞるように伸び、目はどこかうつろな一点を見据えている。「そうね、なんとかやっていけますよ」と妻は柔らかく言った。

ジーナの口調が変わったことに、イーサンは安心した。「もちろんそうさ！　君のためにしてあげられることはまだいっぱいあるし、マティだって——」

ジーナは、イーサンが話しているあいだ、頭の中で何か複雑な計算をしているかのように見えた。やがてジーナはそこから我に返って言った。「マティのぶんの食費は減るし、どうせ――」

すでに話は終わったとイーサンは思い、夕食に降りていこうと背を向けていたところだった。その足を止めた。自分がどんな言葉を耳にしたのか、理解もできないまま。「マティのぶんの食費が減る――？」イーサンは口を開いた。

ジーナは笑った。奇妙な、聞いたこともないような響き――イーサンにはかつてジーナが笑うのを聞いた覚えがなかった。「私がふたり置いておくとでも思ってるんですか？　出費が怖くなっても仕方がないわね！」

妻が何を言っているのかもよくわからず、混乱するばかりだった。この会話が始まったときから、イーサンはマティの名前に触れることを本能的に避けてきた。自分が何を恐れているのかわからないまま。批判や不満、それともマティがじきに結婚するかもしれないと遠回しに言われることだろうか。それでも、決定的な別れがやってくることなど、思いもしていなかった。今でもそれは同じで、そんな考えは頭になかった。

「言ってることがよくわからないが」とイーサンは言った。「マティ・シルバーは雇われているわけじゃないだろ。君の親類だよ」

「あの子は私たちにすがりついている乞食です。あの子の父親はさんざん私たちの暮らしを滅茶苦茶にしたっていうのにね。私はあの子を丸一年、養ってあげましたけど、今度は別の人がそうする番ですよ」

その言葉がけたたましく口にされるのと同時に、ドアをノックする音が聞こえた。敷居に背を向けたとき、イーサンはドアを閉じていた。

「イーサン――ジーナ！」マティの快活な声が踊り場から響いた。「いま、もう何時だと思う？　夕食は三十分も前からできてますよ」

部屋の内側では一瞬、沈黙が降りた。それから、ジーナは椅子に腰かけたまま大声で言った。「夕食はいらないわ」

「え、ごめんなさい！　具合が悪いの？　何か軽い食べものでも持ってくる？」

イーサンはなんとか気持ちを奮い立たせ、ドアを開けた。「降りようか、マット。ジーナはただちょっと疲れてるだけだよ。僕はいま行くから」

マティの「わかった！」という声と、階段を足早に降りていく音が聞こえた。それから、イーサンはドアを閉めて、部屋の中へと戻った。妻の態度は変わっておらず、表情には容赦がない。絶望的なまでの無力感がイーサンをとらえた。

「そんなこと、君にできやしないだろ、ジーナ？」

「なんの話？」ジーナは引き結んだ唇の隙間から、吐き出すように言った。

「マティを厄介払いするのか——こんなやり方で？」

「あの子を一生養ってやるなんて、そんな買い物をした覚えはありませんよ！」

イーサンはますます熱を帯びた。「あの子を泥棒みたいに家から追い出すなんて、できるはずないだろう——頼れる友人も金もない貧しい女の子なんだ。あの子は君のためにできる限りのことをしてくれてただろ。あの子にはほかに行き場なんかないんだ。君はあの子が自分の親戚だってことを忘れてるのかもしれないが、みんな覚えてるぞ。そんなことをしたら、みんながどう思うかわかってるのか？」

ジーナはしばし待った。まるで、彼がいかに興奮しているか、かたや、妻がいかに冷静か、めいっぱいの対比をイーサンに思い知らせてやるための時間をとっているかのように。やがて、ジーナは変わらぬ滑らかな声でこう答えた。「よくわかっていますよ。これほど長くあの子を置いてやったことについて、どう言われているかなんてね」

イーサンの手はドアノブからはらりと落ちた。ノブを、マティが立ち去ったときに閉めてからずっと握りしめていたのだった。妻の反論はイーサンにとって、体の腱をナイフで切り裂かれるようなものだった。突如として気力は萎え、無力感に苛まれた。イーサンは下手に出ようと思っていたのだ。マティを置いておいたってどのみち、さして金はかからない、ストーブを買って屋根裏にでも新しい女の子の部屋を作ってやったっていい、と主張するつもりだった。ところが、ジーナの言葉によって、こういう申し開きは危ういものだと途端にわかってしまった。

「君はあの子に出て行けと言うつもりなのか――すぐにでも？」イーサンの言葉は消え入りそうだった。妻が先ほどの言葉を継いで最後まで言ってしまわないかと、怖かった。あたかも夫に道理を示そうと試みているかのように、妻は公平な口調でこう答えた。「新しい子は明日ベッツブリッジから来ることになっています。寝る場所が必要でしょうね」

イーサンは嫌悪を感じながら妻の顔を見た。妻はもはや、夫の横でむっつりと押し黙ったまま自分のことだけを考えている、あの無気力な人間ではなかった。そうではなく、知りようもない謎を秘めた異質な存在であり、長年にわたる沈思黙考の果てに解き放たれた邪悪な力だった。無力感ゆえに、嫌悪は鋭さを増した。彼女のうちには、他人が訴えかけることのできる部分などこれまでにもなかったのだが、それでも、無視したり指示したりできるうちは、無関心をつらぬくことはできた。ところがいまや、彼女こそが自分の支配者であり、自分は彼女を憎悪している。マティはジーナの親族であって、自分のではない。どうにかしてあの子を同じ屋根の下に置いておくよう仕向ける手段など、もはや残されてはいなかった。過去に味わった挫折、失敗や苦労、無駄に終わった努力ばかりの青春——そうした長きにわたる惨めな思いがいっぺんに心のなかで忌々しいものとして湧き上がり、行く手をことごとく阻んできたこの女というかたちをとって、ここにその姿を現しているように思えた。彼女はあらゆるものを自分から奪っていった。そして今度は、ほかのすべてのものを補いうるただひとつの存在をも奪おうとしているのだ。この一瞬、憎しみの炎が内側で燃え上がった。その炎は腕を伝って下り、妻へ向けて拳を握りしめさせた。彼は荒々しく一歩前へ足を踏み出し、そして立ち止まった。

「君は——君は、降りてこないのか?」とイーサンは狼狽えた声で言った。

「ええ。すこしベッドで横になっていますよ」妻は柔らかい声で答えた。イーサンは背を向け、部屋から出て行った。

台所ではマティがストーブのそばに座り、その膝の上で猫が体を丸めていた。イーサンが入っていくと跳びはねるように立ち上がって、覆いのされたミートパイの皿をテーブルに運んだ。

「ジーナは具合が悪いの? そうじゃなければいいんだけど」とマティは尋ねた。

「いや」

マティの表情がテーブル越しに活き活きと輝いた。「じゃあ、早く座って。お腹が空いたでしょ」マティは覆いを取ってパイの皿をイーサンの前に押し出した。もう一晩、ふたりだけで過ごすことができるのね――マティの幸せそうな目は、あたかもそう口にしているかのようだった！

自分が何をしているのか意識もしないまま、食事を取り分け、食べ始めた。しばらくすると喉元にむかつきを覚えて、イーサンはフォークを置いた。

マティの温かいまなざしが注がれている。マティはイーサンの振る舞いに気がついた。

「あれ――イーサン、どうかしたの？　変な味がした？」

「いや――味は最高だよ。ただ、僕は――」イーサンは皿を押しのけ、椅子から立ち上がり、テーブルを回ってマティのそばへと歩み寄った。マティはおびえた目をして立ち上がった。

「イーサン、何か変だわ。何かあったんでしょ！」

何かを恐れるあまり、マティはイーサンの胸に倒れ込むのではないかと思えるほどだった。イーサンはその体を腕で抱き留めた。マティをしっかりとそこに押し留めていると、マティの睫毛がぱたぱたと頬を打つのを感じた。まるで網にとらえられた蝶のように。

「どうしたの——なにがあったの？」マティは言葉に詰まりながら言った。だがイーサンはといえば、とうとうマティの唇を見つけると、すべてを意識の外に追いやり、その唇が与えてくれる歓びだけを呑み下していた。

マティもしばしじっとして、同じ強い流れに身を任せていた。それからマティはイーサンの腕からすり抜け、一歩か二歩、後ろに身を退(ひ)いた。青ざめて、困惑している。マティの面持ちに、イーサンは悔恨のあまり殴打されるような痛みを感じた。イーサンは叫ぶように言う。まるで夢のなかで、溺れたまま水に沈んでゆくマティの姿を見たかのように。「どこにも行っちゃいけないよ、マット！　ぜったいに行かせない！」

「行く——行くって？」マティは口ごもった。「私はどこかに行かなくちゃいけないの？」

その言葉はふたりのあいだで残響となって鳴り続けた。それはまるで、危険を知らせる松明が、闇に包まれた風景の只中を、人の手から手へと急ぎ渡っていくかのようだった。

イーサンは、自制心を欠いたことを恥じ入る気持ちでいっぱいだった。どうしてこんな苛酷なやり方で知らせてしまったのだろう、と。頭がくらくらして、テーブルに寄りかからずにはいられなかった。そのあいだずっと、イーサンはあたかも自分がまだ彼女にキスをしているような、それでいてあの唇を求めて渇きを覚えているような、そんな感情を抱いた。

「イーサン、どうしたの？　ジーナが私に怒ってるの？」

マティの訴えかけるような声を聞いて、イーサンの心は落ち着いた。だがその声を聞いて、激しい怒りとかわいそうに思う気持ちもますます強くなった。「いや、ちがう」イーサンは断言した。「そうじゃない。そうじゃなくて、例の新しい医者というやつが怖がらせるようなことを言ったんだよ。知ってるだろ、あいつははじめて会った医者の言うことは全部信じちゃうんだよ。で、そいつが言うには、じっと伏せって家のことは何もしないようにしないと治らないんだとさ――何か月かはそうしてろってね――」

イーサンは言葉を切った。見るも情けなくマティから目を逸らし、視線を宙に泳がせている。マティはしばし言葉もなく立ち尽くした。折れた枝のように、彼のまえにだらりと垂れ下がっている。マティの姿はとても小さく、弱々しく映り、イーサンの心は締めつけられるようだった。だが突如として、マティは顔を上げてまっすぐにイーサンを見据えた。「それで、ジーナは私の代わりにもっと扱いやすい人をほしがってるの？　そうなの？」

「それがさっきのジーナの話だった」

「あの人が今晩そうやって言うなら、明日もきっとそう言うだろうね」

ふたりとも、もはや止めることなどできない真実に屈していた。ジーナが考えを変えることなどありえない。ジーナにとって、ひとたびやると決めたことは、もはやそれを実行したに等しいことなのだ。

ふたりのあいだに長い沈黙が降りた。やがてマティが静かな声で言った。「あまり悲しまないでね、イーサン」

「ああ、神よ――神よ」イーサンは呻いた。これまでマティに感じてきた激しい情熱の輝きは、いまや痛々しいほどの慈愛へと姿を変えていた。涙をこらえてマティが瞼をぱちぱちさせるのを見て、腕に抱き留めて慰めてあげたいという衝動にイーサンは駆られた。

「夕食が冷めちゃうよ」と、マティは諭すように言った。その声には、もはや青ざめてしまった歓楽の煌めきがあった。

「ああ、マット――マット――どこか行く当てでもあるのかい?」

マティは瞼をうつむけ、表情にはかすかな震えが走った。イーサンには見て取れた――ここにきてはじめて、この先どうなるかという考えが鮮明に彼女の頭をよぎったのだ。「スタンフォードまで出れば仕事があるかもしれないし」マティの言葉は途中で立ち消えた。そんな希望など存在しないと、あなたにはわかっているでしょうとでも言うかのように。

イーサンは自分の椅子に戻って身を沈めると、両手で顔を覆い隠した。マティがこれから、たったひとりで、また新たにあの職探しという、くたびれるばかりの旅路に出るのかと思うと絶望的な気持ちになった。唯一、マティのことを知っている人のいる場所があるにはあるが、そこで人は彼女を冷淡に、敵意をもって扱うばかりだ。あるいは都会に出たとしても、経験もなければ職業訓練も受けていないマティが、その日食う金を求める人間が百万人はいる場所で、どうやって仕事を見つけることなどできるだろう？　ウースターで聞いた悲惨な話の数々と、そこに出てくる女の子たちの顔がイーサンの頭に去来していた。彼女たちの人生だって、もともとはマティの人生と変わらない、希望に満ちたものとして始まっていたはずなのだ。……そんなことを考えていると、イーサンは自分の全存在をかけて叛逆を起こさずにはいられなかった。突如として、彼は勢いよく立ち上がった。

「行くな、マット！　行かせはしないよ！　これまではあいつの好きにさせてきたが、これからは僕がそうする番だ――」

マティは素早く手を上げてそれと知らせる身振りをした。後ろから妻の足音が聞こえる。ジーナが部屋へと入ってきた。独特の、足を引きずるような歩き方で。そして音もなく、ふたりのあいだにあるいつもの椅子へと腰かけた。

「すこし、ちょっぴりだけど気分がよくなりました。バック先生は、体力を落とさないように、食欲がなくても食べられるものは食べたほうがいいと言っていますから」と、ジーナはいつもの平坦な、泣き言でも言うような調子でそう口にした。手はティーポットを取ろうとマティの前に伸ばしている。ジーナは「よそ行きの」ドレスをすでに脱いでいて、普段着にしている黒いキャラコの部屋着と茶色のニットショールを身につけていた。それといっしょに、いつもの表情と態度も戻ってきている。ジーナは紅茶を注ぎ、ミルクをたっぷり入れた。パイとピクルスをこんもりと盛り、食べ始める前にはおなじみの、入れ歯の位置を合わせる仕草をした。猫はジーナのご機嫌を取るようにすり寄っていた。ジーナは「いい子だね」と言って腰を落として猫を撫で、皿からすこしだけ肉を取って食べさせた。

イーサンは言葉もなくそこに座っていた。あえて食事に口をつけることもしなかった。マティは意を決したように食事を口に運び、ジーナにはベッツブリッジ訪問についていくつか質問をしていた。ジーナはそれに普段どおりの口調で答えたが、その話題が気に入ったようで、友人や親戚の腸の調子がどれだけ乱れているかについて、目に浮かぶように鮮やかな説明をいくつかして、ふたりを楽しませた。話しながら、ジーナはマティをまっすぐに見据えた。かすかな微笑みを浮かべているせいで、鼻と顎のあいだに刻まれた縦皺が深くなっていた。

夕食が終わると、ジーナは席を立ち、心臓のあたりの平らな部分に手を当てた。「あなたが作るパイはいつもすこし重いですね、マット」とジーナは言った。そこに嫌みのようなものは感じられなかった。ジーナがマティをマットと呼ぶことはほとんどなかったが、あったとすれば、それは機嫌のいい証だった。

「あの胃薬を引っぱり出してこようかしら、あの去年スプリングフィールドで買ったやつを」ジーナは言葉を続けた。「ずいぶん試してなかったけど、ひょっとしたら胸やけに効くかもしれないから」

マティは目を上げた。「取ってきてあげましょうか、ジーナ？」とマティは思いきって言った。

「いえね。あなたの知らないところにあるんですよ」とジーナは陰鬱に答えた。例の秘密めいた表情を浮かべて。

ジーナが台所から出て行くと、マティは立ち上がり、テーブルの上の食器を片付け始めた。イーサンの座った椅子の前を通りすぎるとき、ふたりの目が合い、すがるように互いを惨めにも見つめ合った。暖かく、静けさをたたえた台所の様子は、昨夜と同じように平穏に見えた。猫がジーナのロッキングチェアに跳びついた。火が周囲に放つ熱によって、ゼラニウムのそこはかとない、それでいて刺激のある香りがすこしずつ放出されている。イーサンはなんとか疲れ切った体を起こし、立ち上がった。

「ちょっと外をひとまわりしてくるよ」と言って、イーサンはランタンを取りに廊下へ出た。

ドアのところで、部屋へと戻ってくるジーナと鉢合わせになった。彼女は怒りで唇を歪め、土気ばんだ顔に興奮の色を浮かべている。ショールは肩からずり落ち、踏みつけられた踵のあたりで引きずっている。その手には、ピクルス皿の赤いガラス片があった。

「誰がやったのか教えてくれないかしら」と彼女は言った。イーサンからマティへと、厳めしい面持ちを順に向けながら。

答えはなく、ジーナは声を震わせながら言葉を継いだ。「胃薬を取りに行ったんですよ、あれは父の古い眼鏡ケースに入れてありましたから。戸棚のいちばん上にね。私はそこに、ものを集めておいてるんですよ、誰も勝手にいじったりしないように――」言葉が途切れ、小さな涙の粒がふたつ、睫毛のない瞼に浮かび、頬をゆっくりと伝ってゆく。「棚のてっぺんのものを取ろうと思ったら、脚立がいるんですよ。私たちが結婚したときに、フィルラ・

メープルおばさんがくれたお皿をあえてそこに置いたんです。以来、春に大掃除をするときにしか下ろしてなかったんですよ。そのときだって私が自分で下ろしてたんです、壊しなんて、決してしないように」ジーナは、破片をテーブルの上に恭しく置いた。「誰がやったのか知りたいんです」と声を震わせた。

難題を向けられ、イーサンは部屋へと戻りジーナと向き合った。「じゃあ、教えてあげよう。猫がやったんだよ」

「猫？」

「そうだよ」

ジーナは夫を鋭く見つめ、それからその目をマティへと向けた。マティは皿洗い桶をテーブルに運んでいるところだった。

「猫がどうやって私の棚に入ったのか、教えてくれない」とジーナは言った。

「ネズミを追いかけてたんじゃないか」とイーサンは答えた。「ネズミが台所にいたんだよ、昨日の夕方はずっとね」

ジーナはイーサンとマティを交互に見続けた。やがてその口元から小さな、聞いたこともないような笑い声が漏れた。「あの猫が頭のいい猫だってことは知ってるわ」ジーナは声を張り上げた。「でも、これほど賢いとは思いもよらなかったわ。皿の破片を拾って、そっくり組み合わせて、自分がたたき落とした棚に戻しておくなんてね」

マティが唐突に、湯気の立つ湯のなかから腕を引き上げた。「イーサンのせいじゃないのよ、ジーナ！　あの猫が皿を割ったっていうのは本当のことだけど、でも私があれを棚から下ろしたの。だから私のせいなの、あれが割れちゃったのは」

ジーナはなおも、砕け散った宝物の残骸のそばに立ち尽くしていた。怒りそのものを表現した石像のように硬直した姿で。「あなたが、私のピクルス皿を下ろしたのですね——なんのために？」

マティの頬がさっと赤らんだ。「夕食のテーブルをきれいにしたかったの」と言う。

「あなたは夕食のテーブルをきれいに見せたかった。それであなたは私が見ていない隙を狙った。それであなたは私が何よりも大切にしているものを使った。私自身は決して使おうとしないのに。牧師さまが夕食にいらしても、マーサ・ピアースおばさんがベッツブリッジから来ても、そんなときですら——」ジーナは、はっと息を呑んで言葉をためらった。自分がいかに冒瀆的なことを問い質しているかに気がつき、恐れでもなしたかのようだった。

「あなたは悪い子よ、マティ・シルバー。ずっとわかっていました。あなたの父親だって最初はそうやって身を持ち崩していったんですよ。あなたを引き取ることにしたとき、みんなが気をつけろって言っていたわ。だから私は自分のものをあなたの手の届かないところに置いていたんですよ――なのにあなたは、結局私がいちばん大事にしているものを、盗ってしまった――」ジーナは短い嗚咽で言葉を詰まらせた。それが過ぎると、ジーナはこれまでよりもいっそう、石のような姿に映った。

「みんなの、言うことを、聞いていたら、もっと、早く、あなたが、出て行ってくれていたら、こんなことにはならなかったのに」とジーナは言った。それから、割れたガラスの破片を拾い集めると、まるで死体を手にして運ぶかのように、部屋を出て行った……

VIII

父の病気が理由でイーサンが農場に戻ったとき、母は息子に、誰も使っていない「いちばんの応接間」の裏にある小さな部屋を、自由に使うようにと言った。ここにイーサンは本を入れるための棚を釘で打ちつけ、板とマットレスを使って四角型のソファをこしらえた。キッチンテーブルには研究報告書を並べ、粗い漆喰の壁にはエイブラハム・リンカンの版画と、「詩人の教え」が書かれたカレンダーを掛けた。こうして乏しい手持ちのものを使って、ウースターにいたとき親切にしてくれて、本を貸してもくれた「牧師」の書斎に近い場所をなんとか造りあげようとしたものだった。今も夏のあいだはこの場所に避難していたものの、マティが農場に住むようになると、ストーブを譲らなければならず、結果として一年のうち数か月のあいだは、この部屋に身を置くことができなくなってしまっていた。

家が静かになるとすぐに、イーサンはこの隠れ家に下りてきた。ベッドに眠るジーナの息づかいは安定していて、台所での出来事の続きが始まるようなことはもうなさそうだった。ジーナがいなくなったあと、イーサンとマティは言葉もなく立ち尽くしていた。どちらも、互いに歩み寄ろうとすることさえしなかった。それからマティはその夜の後片付けをするため台所に戻り、イーサンはランタンを手に、いつものように家の外を見て回った。戻ってくると、台所には誰もいなかった。だがテーブルの上にはイーサンのタバコ入れとパイプが置かれ、その下には紙切れがあった。種苗会社が寄越したカタログの裏表紙をちぎったもののようだ。そこには短くこう書かれている——「気にしないで（ドント・トラブル）、イーサン」

冷え切った暗い「書斎」に入ると、イーサンはランタンをテーブルの上に置いた。身を屈めて、その明かりを頼りに、メッセージを何度も何度も読み返した。マティから手紙をもらったのははじめてのことだった。それを手にしていると、これまで感じたこともない、マティがそばにいるような奇妙な感覚に包まれた。ただ、そうはいっても、この手紙は痛みを深めるものでもある。なにせ今後、ふたりが言葉を交わす手段は手紙のほかにはないのだ。手紙を手にしていると、そのことがひしひしと実感された。生き生きとしたあの笑顔、あの暖かな声。それらの代わりにあるものが、冷たい紙きれと生気のない文字の連なりだけなのだ！

混乱しながらも、反抗心のようなものが芽生えつつあった。イーサンはまだ若く、たくましさに満ち、溢れんばかりの活力を備えているのだ。希望が目の前で打ち砕かれようとしているのを座視することなどできはしない。こうしてこのまま一生、冷たい、不満ばかりの女の横でくたびれていかなくてはいけないのか？　もともとは別の可能性だってあったのに、それはひとつずつ、ジーナが偏狭で、何も新しいことを知ろうとしないせいで、削ぎ取られてしまった。そんな日々の結果として、良いことなどひとつでもあっただろうか？　彼女は、結婚した当時よりも百倍は辛辣になっていたし、不満ばかり言うようにもなっていた。彼女に何か楽しみがあるとすれば、それは夫に痛みを強いること以外にはない。自分のことを護ろうする健全な本能が、これまでの無為に抗うべく、イーサンのなかで一斉に立ち上がろうとしていた……

古いクーンスキンのコートに身を包み、四角いソファに身を横たえて、思いを巡らせた。頬の下に、奇妙な凹凸のある硬いものが触れた。それは、ふたりが婚約したときにジーナが作ってくれたクッションだった――ジーナの針仕事を見たのはそれが最初で最後となった。イーサンはそのクッションを床の向こうに投げ捨て、頭を壁にもたせかけた……

イーサンは、山の向こうに住むというある男の話を知っていた――今の自分に近い年齢の、若い男だ――聞くところによると、まさにこうした惨めったらしい人生から逃れようと、好きな女といっしょに西部へ行ったらしい。妻はその男と離婚し、彼のほうは好きな女と結婚し、経済的にもうまくいった。イーサンは去年の夏、その夫婦をシャッズフォールズで見かけていた。親戚を訪ねていたらしい。ふたりにはきれいな巻き毛の女の子がいた。その子は金のロケットを首から提げて、まるでお姫様のように着飾っていた。見捨てられた元妻だって、悪いようにされたわけではない。元妻は夫から農場を譲り受けて、なんとかそれを売却することに成功していた。その金と扶助料を元手に、彼女はベッツブリッジで軽食堂を開いた。いまでは活気に満ち、街に欠かせない場所になっている。そのことを思うと、身が焼かれるようだった。明日、マティといっしょに家を出るべきではないだろうか？　マティをひとりきりで行かせることなんてせずに。馬橇の座席の下に旅行鞄を隠しておくことだってできる。ジーナは何も知らずに、午後の昼寝でもしようと二階に上がり、そこでベッドの上に置かれた手紙を見つけるのだ……

イーサンの衝動は、まだ表に出てくる手前だった。彼は勢いよく立ち上がり、ランタンに火を点け直すと、机に向かった。引き出しをひっ掻き回しては紙を探し、一枚取り出すと、書き始めた。

「ジーナ、僕は君のためにできる限りのことをしてきたけど、どうにもならなかったみたいだ。君が悪いと思っているわけじゃないし、自分が悪いと思っているわけでもない。たぶん、ふたりとも別々になったほうがうまくいくんじゃないかと思う。僕は西部で運を試してみるよ。君は農場と製材所を売ってしまって、その金をとっておけばいい――」

ここまで書いて、ペンはこれ以上先に進まなくなった。自分の置かれている状況の厳しさが、あらためて実感されたのだ。農場と製材所をジーナに譲ってしまったら、どうやって新しい人生を始めたらいいのだろう？　西部にさえ出てしまえば、仕事は必ず見つかる――ひとりでなら困難に挑むことにも躊躇いはなかった。しかし、マティが頼みとする人間が自分だけだとなると話は別だ。それに、ジーナはどうなってしまうのだろう？　農場も製材所もギリギリまで借金の抵当に入れてある。たとえ買い手が見つかったとしても――それだってほとんどあり得ないことだが――千ドルも利益が得られるかだって疑わしい。そもそも売れるまでのあいだ、ジーナはどうやって農場を維持していくのだろう？　イーサンが休むことなく働き続け、自ら管理監督をすることでようやく、あの土地からわずかな生活費を絞り出しているのだ。妻がもし自分が思っている以上に健康だったとしても、ひとりでそんな重労働を続けていくことはできない。

なるほど、じゃあ、ジーナには自分の親類のところに戻ってもらって、それでどうなるものか見てみよう。なにせそれこそが、彼女がマティに押しつけようとしている運命なのだ——自分でやってみたらいいだろう。ジーナが夫の居場所を突き止め、離婚訴訟を起こすところには、おそらく——そのときどこにいようと——彼女に十分な扶助料を支払えるだけの稼ぎを得ていることだろう。残る選択肢はマティを独りで行かせることだが、その場合、最低限の食い扶持さえ得られる見込みもないに等しい……

紙を探したときに、イーサンは引き出しの中身をぶちまけており、ペンを取ろうとすると、『ベッツブリッジ・イーグル』の古い紙面が目にとまった。いちばん上に広告欄があって、そこには魅惑的な文字が並んでいた。「西部への旅——割引料金で」

ランタンを引き寄せ、料金をすがるように調べた。やがてその新聞は、指先からはらりと落ち、彼は書きかけの手紙を脇へと押しやった。ほんのすこし前までは、西部に着いたらマティとどうやって暮らしていこうかと思いを巡らせていた。ところがいまや、マティをそこに連れて行く金すら自分にはないことがわかった。借金をして金を作ることもできない。なにせ半年前に、担保になりうる唯一のものはすでに差し出してしまっていた。製材所の修理費用を捻出するためだった。スタークフィールドの人間が担保もなしに金を貸してくれることなど、十ドルぽっちだってありえないだろう。容赦のない現実が、イーサンへと迫りつつあった。まるで看守が囚人に手錠をかけるかのように。もはや逃げ道などない——どこにも。終身刑を科されたのだ。一筋の光さえも、いまや失われようとしていた。

重い足取りでソファに戻り、体を伸ばした。四肢は、もう二度と動かないのではないかと思うほど、重かった。喉から涙がこみ上げ、ゆっくりと、燃えるように瞼へと移った。

身を横たえていると、向かいの窓ガラスがだんだん明るくなってきて、暗闇のなかに、月の光を帯びた空を四角く浮かび上がらせていた。曲がった木の枝がそこを横切っている。リンゴの木で、夏の夕方には、製材所から戻るとその下にマティが座っているのをときおり見かけたものだった。ゆっくりと、雨の蒸気の縁は着火して燃えつき、青色を背に、透き通った月が躍った。イーサンは肘をついて立ち上がると、彫刻のような月のもとで風景が白ずみ、はっきりとした形を得ていく様子を見守った。今日この夜に、マティを連れて橇滑りに行くはずだった。今夜なら、ふたりを明かりが照らしていたのに！　イーサンは外に目をやった。輝きのなかに浴した斜面、銀色に縁取られた森を覆う闇、空に映える丘を染め上げる妖しい紫色。夜の美しさ、そのすべてが、まるでイーサンの不幸を嘲笑うためにその姿を見せているかのようだった……

イーサンは眠りに落ちた。目を覚ますと、冬の夜明けの冷気が部屋を覆っていた。寒さに震え、体はこわばり、空腹を感じていた。腹が減ってしまうことを、イーサンは恥じた。目をこすりながら窓辺へと向かう。赤い太陽が、灰色に囲われた雪原のうえに浮かんでいる。その手前には、黒く、はかなげな木々。自分へと向けて、イーサンは呟いた――「マットの最後の日だ」マティがいなくなってしまったら、この場所はどうなってしまうのだろう、そんなことを考えようとした。

立ち尽くしていると、後ろから足音が聞こえ、彼女が入ってきた。

「あら、イーサン――一晩中ここにいたの？」

その姿はなんだか小さく、やつれて見えた。いつもの貧相なワンピースを着て、赤いスカーフを巻いている。冷たい光が差して、青白い顔はますます不健康に映った。それでイーサンは何も言うことができず、ただその前に立ち尽くした。

「凍えてるんじゃないの」マティは言葉を継いだ。輝きの失せた目をイーサンに向けて。

イーサンは一歩足を踏み出した。「どうしてここにいることがわかった？」

「また階段を下りていくのを聞いたのよ、ベッドに入ってからね。一晩中音を気にしてたけど、結局戻ってこなかったでしょ」

いとおしく思う気持ちが、口元へと昇ってきた。イーサンはマティのことを見ながら言った。「すぐ行くよ。台所の火を熾しておく」

ふたりは台所に戻った。イーサンはマティのために石炭と焚きつけを運び入れて、ストーブをきれいにしておいた。イーサンがそうしているあいだ、マティはミルクと、冷めたミートパイの残りを用意していた。やがてストーブから暖かい空気がにじみ出るようになり、最初の太陽の光が台所の床に射し込むと、この暖かな空気にイーサンの陰鬱な思考も融け込んでいった。マティが仕事にとりかかる姿は、朝がくるたびに何度も見てきたもので、この光景から、マティの姿が永遠に消え去ることになるとは、とうてい信じられない。イーサンは自分に言い聞かせた。ジーナの脅しなど、自分が真に受けすぎていただけなのだと。昼間の明かりがこうして戻ってきたのだから、ジーナだってもうすこし分別のある振る舞いをするだろうと。

イーサンは、ストーブに身を屈めていたマティへと歩み寄って、腕にそっと触れた。「君にも気にしてほしくはないんだ」とイーサンは言った。笑顔を向けて、マティの目をのぞき込みながら。

マティは心が温められたかのように頬を赤らめて、こう囁きを返した。「ううん、イーサン、気にしてなんかいないよ」

「きっとうまくいくよ」イーサンはそうつけ加えた。

マティは瞼を素早くぱちぱちさせただけで、なんの返事もしなかった。イーサンは言葉を続けた。「あいつは朝になってから何も言ってきてないのか？」

「いいえ、まだ会ってないの」

「会っても取り合わないようにね」

そう注意してからマティのもとを離れ、イーサンは牛小屋に向かった。ジョーサム・パウエルが朝靄のなか丘を登ってくるのが見えた。見慣れた光景に、イーサンの心にはますます安心感が広がっていった。

ふたりで牛舎を掃除していると、ジョーサムが干草用のフォークに身をもたせかけて言った。「ダヌル・バーンが今日の昼、フラッツに行くんですってな。ついでにマティの荷物も持って行ってくれりゃ、俺があの子を橇で送っていくときには楽になるんですけど」

イーサンはぽかんとしてジョーサムの顔を見た。ジョーサムは言葉を続けた。「奥さんによりゃ、新しい子は五時にフラッツに着くんですってね。そのときにマティを連れて行きますよ。そうすりゃ六時のスタンフォード行きに乗れるでしょうから」

こめかみのあたりで、血液がうるさいほど脈打っている。なんとか声を絞り出せるくらいになるまで待って、イーサンは言った。「ああ、マティがほんとうに出て行くかはまだわからないんだ――」

「そうなのかい？」とジョーサムはなんの関心もなさそうに言った。ふたりは仕事を続けた。

彼らが台所に戻ると、ふたりの女性はすでに朝食をとっているところだった。ジーナはいつもとちがって、抜け目なく、活き活きとした空気を醸し出していた。ジーナはコーヒーを二杯飲み、パイ皿に残ったくずを猫にやっていた。それから席を立って窓際に行き、ゼラニウムの黄色い葉を二、三、切り取っていた。「マーサおばさんのゼラニウムには枯れた葉っぱなんかなかったんですけどね。手入れをしないと枯れてしまうのね」とジーナは物思いにでも耽るように言った。それから今度はジョーサムに向かってこう尋ねた。「ダヌル・バーンは何時ごろ来るって言っていたんだったかしら？」

雇われ人はイーサンに向かってたじろぐような視線を向けた。「正午ごろですね」とジョーサムは言った。

ジーナはマティのほうに向き直った。「あなたのトランクは重すぎて橇に載りませんからね、ダヌル・バーンにフラッツまで運んでいってもらいましょう」とジーナは言った。

「あなたにはとても感謝しています、ジーナ」とマティは言った。

「まず最初にあなたと確かめなくてはいけないことがあるの」とジーナは淡々と言葉を継いだ。「ハッカバックのタオルがなくなってるでしょう。それに、マッチケースをあなたがどうしちゃったのかも私にはわからないわ。居間のフクロウの剝製の後ろに置いてあったんだけれど」

ジーナが出て行き、それにマティも続いた。男ふたりだけになると、ジョーサムは雇用主にこう言った。「ダヌルに来てもらったほうがよさそうだろうな、じゃあ」

イーサンはいつもと同じように、家と納屋で朝の仕事を終えた。それからジョーサムにこう言った。「スタークフィールドに行ってくるよ。昼食は待たずに済ませるよう言っておいてくれ」

イーサンの内面では、抗ってやろうという熱情が再び燃え上がっていた。昼間の落ち着いた光が差すさなかではありえないように思われた出来事がほんとうに起こってしまい、ましてや、マティがこうして追放されるのを、自分が無力な傍観者として手助けすることしかできなくなってしまっている。自分が演じるべき役割の重さのせいで、そしてマティが自分のことをどう思うだろうかなどと考えたせいで、イーサンの男らしさというものは、すっかりおとなしくなってしまっていた。相反する思いが脳裏に渦を巻くのを感じながら、イーサンは村へと大股で急いだ。何かをしてやろうと心に決めてはいたが、それが何なのかは自分にもわからなかった。

早朝の靄は立ち消え、雪原がまるで銀色の盾のように、太陽のもとで輝いていた。春に特有の淡い霧の向こうから冬の煌めきが輝きわたることがあるが、この日もそんな一日だった。マティの存在が道の隅々にまで感じられて、そのおかげでどこも生き生きとしている。空に向かって伸びる枝や、土手に生える低木の茂み。思い出の欠片によって彩られていないものなどなかった。いちど、静けさのなか、ナナカマドの木にとまった鳥の鳴き声が、まるでマティの笑い声のように聞こえた。それでイーサンの心臓は締めつけられ、また元に戻った。こういったあらゆるものが、今すぐにでもなんらかの行動を起こす必要があることを彼に示してくるのだった。

唐突に、アンドリュー・ヘイルのことが思い浮かんだ。心根の温かいあの男のことだ、ジーナが病気で家政婦が必要なのだと言えば、先に断ったのを考え直して、材木代をいくらかでも先払いしてくれるかもしれない。ヘイルはなにせ、イーサンの置かれた状況を十分に理解している。もういちど金の無心をしたところで、プライドが傷つくといってもたかが知れている。それに、この胸にふつふつと湧き上がる情熱に比べれば、プライドなどどれほどのものだろう?

これからについて考えれば考えるほど、イーサンには勝算があるように思えた。話をヘイル夫人の耳に入れることさえできれば、うまくいくことは間違いない。ポケットに五十ドルもあれば、誰にもマティに手出しなどさせない……

最初の目的は、ヘイルが仕事に出かけるよりも先にスタークフィールドまでたどり着くことだった。この大工はコーベリー通りで仕事を請け負っていて、家を早く出る可能性が高いことはわかっていた。思考がますますリズムを加速させるにつれて、大股で進むイーサンの足取りもさらに早くなっていった。学校のある丘のふもとまで来ると、遠くにヘイルの馬橇が見えた。さらに足を早めて近づいてゆく。ところが、近くまで寄ってみると、馬を操るのはヘイルの末っ子だった。隣に座る眼鏡をかけた、大きな直立した繭のような人物は、ヘイル夫人である。止まってくれるよう身振りで合図をすると、ヘイル夫人は橇から身を乗り出した。ピンク色に染まった皺が慈愛の心で煌めいているように見える。

「ヘイル？　ええ、今は家にいますよ。今日の午前中は仕事には出ないのよ。腰痛っぽい感じがして目が覚めたっていうから、いつものキダー先生の湿布を貼って火の前で休ませることにしたのよ」

母性に満ちた眼差しをイーサンに向けながら、ヘイル夫人は身を屈めてこうつけ足した。

「ついさっきヘイルから聞きましたよ。ジーナがベッツブリッジまで行って新しいお医者さんに診てもらったんですってね。また具合が悪くなってしまったなんて、ほんとうに気の毒だわ！　彼になにかできることがあるならいいのですけど。いつもヘイルには言ってるんですよ。このあたりにジーナほど病気がちなひとはいないわね。いつもヘイルには言ってるんですよ。もしあなたが世話してあげなかったら、ジーナはいったいどうなってしまうんでしょうってね。そう、あなたのお母さんについても同じことを言ってたものですよ。ほんとうにずっと、大変な思いをしていますね、イーサン・フロム」

ヘイル夫人が最後に同情をこめた頷きをイーサンに向けると、息子は声を上げて馬に合図した。イーサンは、ヘイル夫人が走り去ると、道の真ん中に立ち尽くし、小さくなってゆく馬橇の背中を見送るばかりだった。

これほど親切に人から話しかけてもらったことは、久しくなかった。どれほど彼に悩み(トラブル)があっても、だいたいの人がそんなものには無関心だった。あるいは人はこう思うのだ。イーサンくらいの年齢の若者なら、体の自由がきかない人間の三人くらい、文句も言わずに養えと。しかし、ヘイル夫人は、「ほんとうにずっと、大変な思いをしていますね、イーサン・フロム」と言ってくれた。ひとりきりの孤独は、惨めな思いは、すこし和らいだ気がした。ヘイル家の人たちが気の毒に思ってくれるのなら、きっと頼みを聞いてくれるだろう……

イーサンは夫妻の自宅に向かって下る道を進み始めた。ところが、ほんの数ヤード先で突如足を止めた。頬が熱くなっている。そのときはじめて、いま聞いた言葉によって照らし出されたかのように、自分がこれから何をしようとしているのかが理解できた。自分は、ヘイル一家が自分に同情してくれていることにつけこんで、嘘をついて金を巻きあげようとしているのだ。イーサンをスタークフィールドへと一心不乱に駆り立てていた、ぼんやりとしていた目的を、率直に言い表すならそういうことだ。

思いがけなくイーサンは気がついたのだった。自らの狂気のせいで、自分がどれほどのことをしでかすところまで来てしまっていたのかを。それに気がついたことで狂気は去り、自分の目の前に広がる人生がどんなものなのか、ありのままに見て取ることができた。自分は金のない男なのだ。病気がちな女の夫なのだ。見捨てなどしたら、妻は孤独と極度の貧窮に沈むだろう。たとえこの女を見捨てる心づもりができたとしても、それを実行するには、自分に情けをかけてくれたふたりの親切な人間を、欺かなければならない。

彼は踵を返し、ゆっくりと農場に戻っていった。

IX

勝手口のそばで、ダニエル・バーンが馬橇に座っていた。橇を引くのは体格のいい葦毛で、前足で雪を掻いては長い首を落ち着かなげに左へ右へと揺らしていた。

台所に入ると、妻がストーブのそばにいた。頭をショールで包み、『腎臓疾患とその治療法』という本に目を通している。その本を買うにあたっては、ほんの数日前に余計な送料を払ってやったばかりだった。

イーサンが中に入っても、ジーナは動こうともしなければ夫の顔を見ることもしなかった。しばらくして、イーサンは尋ねた。「マティは?」

ページから目を上げることもせずに、ジーナは答えた。「トランクを下ろしているところだと思いますよ」

顔が熱くなった。「トランクを下ろしている——ひとりで?」

「ジョーサム・パウエルは植林地に出ているし、ダヌル・バーンは馬を放ってなんておけないと言っていますよ」とジーナは言い返した。

その言葉を最後まで聞くこともせずに、夫は台所を出て階段を駆け上がった。マティの部屋はドアが閉まっていて、イーサンは踊り場ですこしのあいだ逡巡した。「マット」と控えめに声をかける。ところが返事はなく、イーサンはドアノブに手をかけた。

ただ一度を除けば、イーサンがマティの部屋に足を踏み入れたことはなかった。そのときは初夏、ひさしの雨漏りを直しに行ったのだった。それでも、どんな様子だったかはすべてはっきりと覚えている。狭いベッドの上に敷いてある赤と白のキルト、引き出しの上にはかわいい針山。その向こうには、マティの母親の引き伸ばされた写真がある。フレームは錆びていて、その後ろには色のついた草の束が添えられていた。いまやそうしたものは、マティが存在したことを示すほかのあらゆる痕跡とともに、ことごとく消え去ってしまっていた。部屋は剝き出しにされ、侘しさをたたえていた――マティが到着したあの日、ジーナに案内されてはじめて足を踏み入れたときと同じように。部屋の真ん中にはマティのトランクがあって、彼女はその上に腰かけている。日曜に着るワンピースを身につけ、ドアに背を向けて両手で顔を覆っていた。嗚咽を上げて泣いていたので、イーサンの呼びかけは耳に届いていなかったし、イーサンがすぐ後ろに立ち、肩に手を置くまで、足音にも気がついていなかった。

「マット――やめてくれ――おいマット！」

マティは立ち上がって、涙に濡れた顔を上げてイーサンに向けた。「イーサン――もう会えないかと思った！」

イーサンはマティを抱き留め、自分に引き寄せた。震える手で、マティの額にかかった髪の毛を払い除ける。

「もう会えない？　どういうことだい？」

マティの嗚咽は止んだ。「ジョーサムが、食事を待たなくていいってイーサンが言ってたって。だから私は――」

「ほんとにそうすると思ったのかい？」イーサンは厳しい顔つきでマティの言葉を継いだ。

マティは答えることなくイーサンに身を寄せ、イーサンは唇でマティの髪に触れた。その髪は柔らかく、それでいて軽やかだった。それはまるで、暖かな斜面で見かける苔のようで、陽光がそそぐ、削り出されたばかりのおがくずのようなかすかな森の香りがした。

ドア越しにジーナが下から呼ぶ声が響いた。「ダヌル・バーンが、トランクを運んでほしいなら急いだほうがいいって言っていますよ」

ふたりは打ちひしがれた表情を浮かべて身を離した。イーサンの口元には、抗おうとする言葉が浮かびかけたものの、そこでそのまま消えてしまった。マティはハンカチを見つけて目元を拭った。それから、身を屈めて、トランクの取っ手を握った。

イーサンはマティを押しやった。「手を離していいよ、マット」と指示するように言った。彼女は答えた。「ふたりじゃなきゃ角で引っかかるよ」この言葉に従い、イーサンはもう一方の取っ手を握り、ふたりは力を合わせて重いトランクを踊り場へと運び出した。

「さあ、離して」とイーサンは繰り返した。そしてトランクを肩に担いで階段を下り、廊下を抜けて台所へと向かった。ジーナはストーブのそばにあるいつもの席へと戻っており、イーサンが横を通りすぎても、本から顔を上げもしない。マティはイーサンの後に続いて勝手口から出て、トランクを馬橇の後ろに積みこむのを手伝った。トランクが収まると、ふたりはドアの前の階段に並んで立ち、落ち着きのない馬に牽かれて、ダニエル・バーンが勢いよく出発するのを見送った。

イーサンには、自分がまるで紐で縛られているかのように感じられた。時計がひとつ時を刻むごとに、見えない手がその紐を締め上げていくのだ。二度ほど、マティに話しかけようと口を開いたが、声は出てこなかった。とうとう、マティが背を向けて家の中に戻ろうとすると、それを引き留めるようにイーサンは手を差し出した。

「僕が送るよ」とイーサンは囁き声で言った。

マティは呟くように言葉を返した。「ジーナはジョーサムに送らせようとしてるけど」

「僕が送る」とイーサンは繰り返した。マティは答えることなく台所へと戻っていった。

イーサンは食事が手につかなかった。目を上げれば、ジーナのやつれた顔が視界に入る。真一文字の唇の角が、笑っているかのようにぴくぴくしていた。ジーナはよく食べていた。穏やかな天気のおかげで気分がいいのだという。ジョーサム・パウエルには豆のおかわりを押しつけていた。普段ならこの男の願いなど聞き入れないのに。

マティは食事が終わると、いつものようにテーブルを片付け、皿洗いにとりかかった。ジーナは猫に餌をやると、ストーブのそばのロッキングチェアに戻った。ジョーサム・パウエルはいつもなら最後まで食卓でぐずぐずしているのだが、しぶしぶ椅子を引いて立ち上がると、ドアへと向かって歩いて行った。

敷居をまたぎながら、ジョーサムは振り返ってイーサンに言った。「何時にマティを迎えに来ればいいですかね？」

イーサンは窓際に立ち、マティが行ったり来たりするのを見つめながら、意識もせぬままパイプに煙草を詰めていた。イーサンはこう答えた。「来なくていいよ。僕が自分で送っていくから」

背けたマティの頬が紅潮し、ジーナが素早く顔を上げるのが見えた。

「午後はうちにいてほしいんですよ、イーサン」と妻が言った。「マティならジョーサムが送ってくれますよ」

マティは懇願するような眼差しを向けたが、イーサンは素っ気なく繰り返した。「僕が自分で送っていくよ」

ジーナは同じ、平坦な口調で続けた。「うちにいてもらって、マティの部屋のストーブを直しておいてほしいんですよ、次の子がここに来る前に。もう一か月近くもちゃんと暖まらないんですよ」

イーサンの声は怒りのあまり大きくなった。「マティがそれで大丈夫だったんなら、雇われ娘だって大丈夫だろ」

「これから来る子は、普段から暖炉のある家に慣れているという話ですよ」ジーナは変わらぬ一本調子な穏やかさで自分の話に固執した。

「ならずっとそこにいたらいいのさ」イーサンは勢いよく言い返した。それからマティに向き直り、きつい声でこうつけ足した。「三時までには支度してくれ、マット。コーベリーでやることがあるんだ」

ジョーサム・パウエルはすでに納屋へと向かっていた。イーサンは怒りに燃えながらその後を大股で追いかけた。こめかみは痛いほど脈打ち、目の前は霞がかっていた。どんな力が自分に働いているのかも、そこから発せられる指示に従っているのが誰の手足なのかもわからないまま、イーサンは仕事にとりかかった。自分が何をしようとしているのかをようやく意識できたのは、栗毛を外に出して、馬橇の梶棒のあいだに繋ぐ段になってからのことである。馬の頭に馬勒をつけ、梶棒に手綱を巻きつけながら、同じように出かける支度をして妻のいとこをフラッツまで迎えに行った、あの日のことを思い出していた。あれは一年とほんのすこし前の、今日と同じように穏やかな午後のことで、春の「気配」があたりの空気に香っていた。栗毛はあの日と同じ、大きくて輪のような形をした目をイーサンに向け、やはり同じように、彼の手のひらに鼻をこすりつけている。今日とあの日のあいだに横たわる日々が、ひとつまたひとつと喚び起こされ、目の前に立ち現れてゆく……

熊の毛皮を橇に投げ入れ、座席によじ登り、住居のほうに向けて馬を走らせた。台所に入るとそこには誰もいなかったが、マティのバッグとショールはドアのそばにきちんと支度されていた。イーサンは階段の下に行き、耳を澄ませた。階上からはなんの物音もしなかったが、ほどなくして誰かが、イーサンのあの放っておかれた書斎にいる音が聞こえた気がした。ドアを押し開けると、マティがいた。帽子をかぶり、上着を着たマティが、テーブルのそばでイーサンに背を向けて立っていた。

イーサンが近づくと、マティはびくっとして、素早く振り向くと言った。「時間なの？」

「ここで何してるんだい、マット？」とイーサンは尋ねた。

マティはおずおずと彼のことを見た。「ちょっと見て回ってただけ――それだけ」そう答えるマティの顔には、震えるような笑みが浮かんでいた。

言葉を交わすことなく、ふたりは台所へと戻った。イーサンはマティのバッグとショールを手に取った。

「ジーナはどこにいる？」と尋ねた。

「食事のあとすぐ上に行ったよ。例の刺すような痛みですって。ひとりにしてほしいって」

「君にさよならは言わなかったのかい？」

「何も。言ってたのはそれだけ」

イーサンは、台所をゆっくりと見渡しながら、ぞっとするような気持ちで独りごちた――数時間もすれば、自分はひとりでここに戻ってくるのだ。それから、現実離れした感覚に今いちど襲われた。マティが自分の前からこれっきりいなくなってしまうなどと、信じることはできなかった。

「ほら」と、ほとんど嬉しがっているような声でドアを開け、マティのバッグを橇に載せた。自分の席に飛び乗ると、隣に身を滑りこませたマティに、屈んで膝掛けをかけてやった。

「さあ、行こうか」と言って、イーサンは手綱を振った。栗毛は穏やかに丘を下り始めた。

「道行きをゆっくり楽しむ時間があるよ、マット！」と声を張り上げながら、イーサンは毛皮の下に置かれたマティの手を探して、自分の手でそれを力強く握った。顔がひりひりして、頭はくらくらしていた。まるで零下二〇度近くまで下がった日に、スタークフィールドの酒場で一杯ひっかけたあとみたいだ。

門の前で、イーサンはスタークフィールドとは別の方向へ、ベッツブリッジに通じる右側の道へと栗毛を向けた。マティは驚いた様子もなく、黙って座っていたが、しばらくしてこう言った。「影の池（シャドー・ポンド）を回って行くの？」

イーサンは笑い声を上げてからその質問に答えた。「君ならわかってると思ったよ！」

熊の毛皮に包まれた下で、マティは身を寄せた。イーサンが横目でコートの袖のあたりを見やると、マティの鼻先と、風に吹かれて茶色く波打つ髪が目に入るようになった。ふたりはゆっくりと先へ進んだ。淡い太陽の下で、道はきらきらと輝く雪原に挟まれている。やがて右に曲がると、トウヒやカラマツに縁取られた小道に入った。その先には、遠く、まだら模様の黒い森に覆われた丘が広がり、それは白い曲線を描きながら空を背に流れてゆく。道は松林へと入った。午後の陽射しによって木の幹は赤く染まり、雪面には蒼く繊細な影が落ちている。林に入るとそよ風が吹いてきて、まるで暖かな静謐さが針葉樹の葉といっしょに枝々から降ってくるかのようだった。ここらの雪は澄みわたっていて、木々をねぐらとする動物の小さな足跡が、まるでレースのようにこみ入った模様を描いていた。雪の表面に落ちた松ぼっくりは青みがかり、まるで青銅でできた装飾のようにその姿を際立たせている。

イーサンは無言で馬を進めていたが、松の木の間隔が広くなったところまで来ると、馬を停めてマティが橇から降りるのを手助けした。ふたりは芳しく香る幹のあいだを抜ける。踏みつけられた雪がきゅっきゅと鳴り、やがて、木立の斜面に挟まれたちいさな水面へとたどり着いた。凍った水面の向こうには、ひとつ西日を受けてそびえる丘があり、対岸から長く円錐形の影を落としていた。池の名前の由来となった影である。ここは、まるで恥ずかしがるかのように奥まったところにある秘密の場所で、物言わぬ哀愁をいっぱいにたたえていた。それはイーサンが心に秘めているものと同じだった。

視線を上げたり下げたりしながら、小石の散らばるちいさな岸辺を見渡していると、雪に半分ほど埋もれた倒木の幹に目がとまった。

「あのとき、ピクニックで座っていた場所じゃないか」とマティの注意を促した。

ふたりでいっしょに過ごした気晴らしの時間など数えるほどしかないのだが、イーサンが話しているのは、そんな出来事のひとつのことだった。「教会のピクニック」と呼ばれているもので、去年の夏、日の長いある日の午後、この奥まった空間がお祭り騒ぎに満ちたのだった。マティはいっしょに行こうとずいぶん頼んだのだが、イーサンはその誘いを断っていた。陽が暮れるころ、イーサンが木を伐採していた山から下りていくと、あたりをうろついていた参加者たちに見つかってしまい、水辺の集団に引き入れられてしまった。そのなかにはマティもいた。楽しそうな若い人たちに囲まれて、つば広の帽子をかぶったマティはまるで、ブラックベリーみたいに輝いて見えた。焚火のうえでコーヒーを沸かしている。彼は今、野暮ったい服でマティに近寄ったときの、あの気恥ずかしさを思い出していた。そしてあのとき、マティの表情が途端に明るくなって、そのままカップを手に、人の輪を抜け出してこちらに来てくれたことを。ふたりは池のほとりの倒木に数分ほど並んで腰掛けた。それからマティは金のロケットを失くしてしまっていることに気がついて、先ほどの若い男たちに頼んで探してもらった。結果として、苔のなかに落ちていたロケットを捜し当てたのはイーサンだった……それだけの思い出。結局のところ、ふたりがかわした交わりなど、こんなふうにぼんやりとした煌めき以上のものではないのだ。まるで冬の森を歩いていて、ふいに蝶を驚かせてしまったみたいに、思いがけず幸せに出くわすような煌めき……

「君のロケットを見つけたのは、ちょうどここだったね」とイーサンは言った。ふさふさとしたブルーベリーの茂みに足を踏み入れながら。

「あんな目がいい人、はじめて見たわ！」とマティは答えた。

マティは陽だまりの木の幹に座った。イーサンもその隣に腰を下ろす。

「ピンクの帽子をかぶって、君は絵に描いたみたいにかわいかったよ」とイーサン。

マティは嬉しそうに笑い声をあげた。「え、帽子のせいよ！」とマティは応えた。

今ほどふたりが互いの気持ちをはっきりと言い表したことはなかった。イーサンは一瞬、自分が自由な男なのではないかという幻想を抱いた。結婚を心に決めた女性に思いを伝えているのだと。マティの髪を見て、もういちど触れてみたいと思った。そして、森の香りがすると伝えるのだ。しかしイーサンには、それをどんなふうに言ったらいいのかなどわからなかった。

突然、マティは立ち上がって言った。「もう行かないと」

イーサンは、まだぼんやりとマティを見つめていた。まだ半分は夢から醒めていないかのように。「時間ならまだたっぷりあるよ」とイーサンは答えた。

ふたりは立ったままお互いを見つめ合った。目が互いの姿を吸い込み、留めようと足掻いているかのようだった。別れる前に、マティに言っておかなければならないことがあったが、夏の思い出が宿るこの場所で言うことはできなかった。イーサンは踵を返し、橇までマティのあとに続いて歩いた。走りだすと、太陽は丘の向こうに沈みゆき、松の幹は赤から灰色へと変わった。

雪原のあいだを抜ける曲がりくねった道を通り、スタークフィールドの通りへと戻っていく。広々とした空の下、光はまだ澄んでいて、東の丘に冷たい赤色が反射している。雪に包まれた木立は、波打った塊のように寄り合い、頭を羽根の下に隠した鳥を思わせた。そして空は、淡くなるにつれてますます高さを増し、大地をさらなる孤独に追いやっていった。

角を曲がりスタークフィールドの通りに入ると、イーサンは言った。「マット、これからどうするつもりなんだい？」

すぐには返事がなかったが、しばらくしてマティはこう言った。「店で働けないか探してみる」

「そんなの君には無理だってわかってるだろ。空気が悪いところで一日中立ち仕事をして、前に死にかけたことがあったじゃないか」

「スタークフィールドに来てずいぶん強くなったから」

「それなのに、せっかくよくなったものを捨てて行っちゃうとか！」

これにはなんの返事もないようだった。またしばらくのあいだ、ふたりは無言で橇を走らせた。一ヤード通るごとに、ふたりが立ちどまって笑い合ったり、あるいは黙ったまま過ごしたりした場所があった。そうしたひとつひとつがイーサンにすがりついては、彼のことを引きずり戻すのだった。

「お父さんの親戚は助けになってくれないのかい？」

「頼める人はいないかな」

イーサンは声を落として言った。「できることなら、君のためにどんなことでもする。わかってるだろ」

「わかってるよ。できることなんて何もないって」

「でも、こんな——」

マティは黙っていたが、それでもイーサンには、触れ合うマティの肩が震えているのがわかった。

「ああ、マット」とイーサンは耐えきれず言った。「もしいま君といっしょに行けるなら、そうしたのに——」

マティはイーサンに体を向けて、胸元から紙切れを取り出した。「イーサン——これ、見つけたの」マティは言葉を詰まらせた。暮れゆく薄明かりのなかでも、それが昨夜書きだした妻への手紙であることはわかった。始末するのを忘れていたのだ。驚きはしたが、同時に烈しい歓びがこみ上げてもきた。「マット——」とイーサンは叫んだ。「もしできるなら、やってみないかい？」

「でもイーサン、イーサン——そうしたからといって、どうなるの？」突如としてマティは手紙をずたずたに引き裂き、雪の中へと飛び散るにまかせた。

「答えてくれよ、マット！　答えてくれ！」イーサンは請うように言った。

マティはしばらくのあいだ黙っていた。それから、身を屈めないと聞き取れないくらい低い声で、言った。「ときどき、そうしたいなって考えてはいたの。夏の夜、月が明るいときとか、眠れなくて」

その甘やかな響きに、イーサンの胸はくらくらした。「そんなに前から？」

マティはその質問に答えた。もうずいぶん前から答えが用意されていたかのように。「最初は影の池でだった」

「だから、コーヒーをみんなより先にくれたのかい？」

「わからない。そうしたんだった？　私、イーサンがいっしょにピクニックに来てくれなくて、かなり落ちこんでたの。その後で、道を下って来てくれるのを見て、もしかしたらわざとあの道を通って帰ってくれたのかもしれないと思って。嬉しかった」

また沈黙が降りた。ふたりは、イーサンの製材所のそば、くぼみになったところへと道が下っている地点まで来ていた。そこを下りると、暗闇もふたりに付き添うように下りてきた。それはまるで漆黒のヴェールが、ツガの重厚な枝々から落ちてくるかのようだった。

「手も足も縛られてしまってるんだよ、マット。僕にできることなんか何もないんだ」イーサンはあらためてそう口にした。

「たまには手紙を書いてね、イーサン」

「手紙を書いてなんになる？　手を伸ばして、君に触れたいんだよ。君のために何かしてあげたいし、君の面倒だってみてあげたいんだ。具合が悪いときとか、ひとりぼっちで寂しいときとか、そばにいてあげたいんだ」

「もう何も考えないで。私は大丈夫だから」

「僕は必要ないってことかい？　誰かと結婚でもするんだろう！」

「もう、イーサン！」とマティは叫んだ。

「わからないんだよ。どうしてこんな気持ちにさせられるのか、マット。もう、こんなのよりは君が死んでしまったほうがましだ！」

「ほんとうに、死んだほうがましよ、死んだほうが！」マティは泣きじゃくった。

マティがすすり泣く声で、イーサンは暗い怒りから我に返ると、自分のことが恥ずかしくなった。

「頼むからそんなこと言わないでくれ」イーサンは囁き声で言った。

「どうして？　ほんとうのことなのに。今日一日中、ずっとそう思ってた」

「マット！　黙ってくれ！　そんなこと言わないでくれ」

「私によくしてくれたのなんて、イーサンだけよ」

「よしてくれ。何ひとつしてあげることなんかできないのに！」

「そうだね。でもほんとうのことだよ」

ふたりは学校のある丘のてっぺんにまで来ており、黄昏のスタークフィールドが眼下に広がっていた。小型の馬橇が村から上がってきて、愉しげな鈴の音を響かせながら、ふたりのそばを通りすぎていった。ふたりは体をまっすぐにすると、こわばった表情で前を向き直した。大通りに沿った家々の戸口には明かりが灯り始め、人々はぱらぱらと道から逸れては、自宅の出入り口をまたいでゆく。イーサンは軽く鞭を当てて栗毛を起こした。馬は気怠げに小走りしだす。

村の端に近づくと、子どもたちの歓声が聞こえた。小ぶりの橇を引っぱりながら、教会前の開けた場所で散り散りになっている男の子たちの集団が目に入った。

「橇滑りももう、できてあと一日か二日ってとこだろうな」穏やかな空を見上げながら、イーサンは言った。

マティは何も言わなかった。イーサンは言葉を継いだ。「昨日の夜、滑りに来る予定だったんだけどな」

それでもマティは黙っていた。このみじめな最後の時間で、どうにか自分とマティをいい方向に持って行きたいとイーサンは漠然と願っていた。その願いに促されて、彼はとりとめもなくこう続けた。「おかしな話だと思わないか？　ふたりで橇滑りをしたのが、去年の冬にたった一度きりだなんて」

マティは答えた。「私が村まで下りることなんてあまりなかったから」

「そうだったね」とイーサンは言った。

ふたりはコーベリー通りのいちばん上にまで来ており、眼前には、教会のぼんやりとした白い光と、ヴァーナム家のトウヒの木々がつくる漆黒のカーテンとのあいだに、橇ひとつない斜面が広がっていた。どんな気まぐれか、イーサンはこう言った。「いまからあの下まで滑ってみようか？」

マティは無理に笑顔を作った。「でも、時間がないし！」

「時間なんていくらでもあるよ。さ、行こう！」イーサンが望むことといえば、もはや栗毛をフラッツへと向けるその時をただ先延ばしにすることだけだった。

「でも、新しい女の子が」マティは躊躇いながらも言った。「駅で待ってるから」

「なら、待たせておけばいいさ。その子がもしいなかったら、逆に君が待たなきゃいけないわけだし。さあ！」

イーサンの声には、権威をもつ者のような響きがあって、マティはそれに屈したようだった。イーサンが先に馬橇から飛び降りると、マティは彼の手に身を委ねて降りながらも、わずかに嫌がる様子を見せてこう言った。「でも、橇滑りの橇なんかどこにもないけど」

「いや、あるよ！　そこのトウヒの下にね」栗毛はおとなしく、物思いにでも耽るかのようにうなだれて道ばたに佇んでいる。その体にイーサンは熊の毛皮をかけてやった。それからマティの手をとると、橇のほうへと引っぱっていった。

マティは素直に腰を下ろし、イーサンはその後ろに座った。近すぎて、顔にマティの髪が触れるくらいだった。「いいかい、マット？」イーサンは大きな声で言った。まるでふたりのあいだには、道路ほどの距離が開いていてもおかしくないほどに。

マティはイーサンのほうを振り返って言った。「ものすごく暗いけど。ちゃんと見えてる？」

イーサンは不敵に笑った。「この坂なら目を瞑ったって大丈夫だよ！」それを聞いて、マティもいっしょに笑った。その無謀さを気に入ったかのように。とはいえ、イーサンはしばらくのあいだじっと座って、長い斜面を見下ろすように目を凝らしていた。なにせ今は、夕方のいちばん見づらい時間帯だった。上空に最後まで残る明るさが、昇りゆく夜闇に融けこんで、目印となるものはその姿を隠され、距離の感覚は歪められてしまう時間帯。

「今だ！」イーサンは叫んだ。

橇は跳ねるような勢いで走りだし、ふたりは夕闇のなかを、飛ぶように進んだ。進むにつれてますます快調に、ますます速くなってゆき、その下では、夜闇が口を開けている。空気がオルガンのような音を奏でながら過ぎていく。マティは身動きもせずにじっとしていたが、斜面のふもとの曲がったところ、巨大な楡の木が枝を肘のように恐ろしく突き出している場所にさしかかると、彼女がすこし身を縮めたようにイーサンには思えた。

「怖がるなよ、マット！」無事にそこを過ぎ、次の坂を勢いよく滑り降りながら、イーサンは楽しさもいっぱいに叫んだ。その先の平地にたどり着いて橇のスピードが穏やかになると、マティが嬉しそうに小さく笑うのが聞こえた。

ふたりは橇から勢いよく降りて、斜面の上へと歩きだした。イーサンは片手で橇を引き、もう片方をマティの腕とからめた。

「怖かったかい？　楡の木に突っ込むかと思って」イーサンはまるで少年のように笑いながら尋ねた。

「イーサンといっしょなら怖くないって言ったでしょ」とマティは答えた。

不思議と気分が高揚して、イーサンは彼らしくもなく発作的にこう豪語した。「でもね、ここはやっかいな場所なんだよ。ちょっとでも曲がりなんかしたら、もう二度とここまで上がってくることなんかできないだろうね。だけど、僕なら髪の毛一本の距離だって読みきれるんだ――これまでだって、ずっとそうだった」

マティは呟いた。「誰よりも目がいいもんね……」

星のない夕闇とともに、深い沈黙が落ちた。ふたりは言葉も交わさず互いに寄り添っていた。しかしイーサンは、登る足を一歩踏みしめるごとに自分に言い聞かせていた。「ふたりでいっしょに歩くのは、これが最後なんだ」

ふたりはゆっくりと丘の頂上まで登っていった。教会のところで、イーサンは顔をマティに近づけて尋ねた。「疲れたかい？」息を切らしながら、マティは答えた。「楽しかった！」

イーサンは腕に力を入れて、マティをドイツトウヒの木のほうへ連れていった。「たぶんこの橇はネッド・ヘイルのだろうな。ともかく、あった場所に戻しとこうか」イーサンは橇をヴァーナム家の門まで引き、フェンスに立てかけておいた。体を起こすとすぐに、マティがすぐそばの暗がりにいるのを感じた。

「ここなの？　ネッドとルースがキスしてたっていうのは」息も切れ切れにそう口にしな

がら、マティは腕を回してイーサンに抱きついた。マティの唇がイーサンのそれを探り当てようと、彼の顔をなぞった。イーサンは驚きながらも歓喜に身を震わせ、マティを強く抱きしめた。

「さよなら――さよなら」言葉に詰まりながらもそう口にし、マティはもういちど彼にキスした。

「ねえマット、君を行かせることなんかできないよ！」イーサンの口をついて、これまでと同じ叫びが漏れた。

マティは彼の腕から離れた。マティのすすり泣く声が聞こえる。「私だって、行きたくなんかない！」泣き叫ぶような声だった。

「マット！　どうする？　どうしたらいいんだ？」

ふたりはまるで子どものように、互いの手にすがりついた。マティの体はひどい嗚咽のあまり震えていた。

静寂のなか、教会の時計が五時を告げる音が聞こえた。

「イーサン、時間よ！」マティは叫んだ。

イーサンは再度、マティの体を引き寄せた。「なんの時間だって？　まさかいま僕が君を置いて行くとでも?」

「列車に乗り遅れたら、どこに行けばいいの?」

「乗ったとしたって、それでどこに行くんだ?」

マティは言葉もなく立ち尽くした。その手は冷たいまま、イーサンの手のなかに、居心地よく収まっている。

「ふたりいっしょでなく、別々にどこかへ行ったところで、それがなんになるっていうんだ?」と彼は言った。

マティは身動きひとつしなかった。まるでそんな言葉など耳に入っていないかのように。それからマティはイーサンの手を振り払った。イーサンの首に腕を回し、唐突に涙で濡れた頬を彼の顔に押しつける。「イーサン! イーサン! もういちど下まで連れていって!」

「どこまでって?」

「この坂。いますぐに」マティは喘ぐように言った。「もう上がってくることなんかなくて済むように」

「マット! いったい何を言ってるんだ?」

唇をイーサンの耳に近づけて、マティは言った。「あの大きな楡の木までよ。できるって言ったでしょ。そうすれば、もう離ればなれになることなんかないわ」

「何を、何を言ってるんだ？　おかしいよ！」

「おかしくなんかなってない。でもイーサンと離れたらそうなっちゃうと思う」

「ああ、マット、マット――」うめき声が漏れた。

マティはイーサンの首にまわしている腕にさらに力を入れた。マティの顔が、イーサンの顔に近づく。

「イーサン、あなたと離れたら、私はどこに行ったらいいの？　ひとりでどうやっていけばいいかなんて、わからない。イーサンだってさっきそう言ってたでしょ。あなたのほかに、私によくしてくれたひとなんかいなかった。それに、家には知らない女の子が来るんでしょ……その子が私のベッドで寝ることになるなんて。毎晩そこで横になりながら、私はあなたが階段を上ってくる音を聞いてたんだよ……」

その言葉はまるで、イーサンの心から引き剝がされた断片のように響いた。それを聞いて、これから戻らなければならない家の忌々しい姿が幻影となって浮かび上がった――毎晩上ってゆかなければいけない階段、その先で待ち受ける女。マティの告白がもつ甘美な響きと、自分に起こっていたありとあらゆることが、マティにも起こっていたのだということを知った荒々しいほどの歓びとが、もう一方の幻影を憎々しく、そこでの生に戻ることをますます耐えがたいものにした……

マティのすがるような声はなおも、嗚咽と嗚咽の合間に、イーサンの耳に届いていたが、マティがなんと言っているかなど彼にはもはや聞こえていなかった。マティの帽子は後ろにずり落ち、イーサンは彼女の髪を撫でていた。その感触を自分の手のなかで感じ取りたかった。そうすれば、冬のあいだの種のように、その感触はそこで眠り続けるだろうか。もういちどイーサンがマティの唇に触れると、途端にふたりは池のほとりで、八月の照りつける太陽の下に身を置いているようだった。しかし、互いの頬が触れ合うと、マティの頬は冷たく、どこも涙に濡れていた。フラッツへ向かう道に夜の帳が下りたのが見え、線路をゆく列車の汽笛が聞こえた。

トウヒの木がふたりを漆黒の闇と静寂とで包み込んでいた。もしかしたらふたりは、地下の棺のなかにいるのかもしれない。イーサンは独りごちた。「たぶん、こんな感じなのかもしれないな……」そしてまた言った。「これが済めばもう、なにも感じないんだろう……」

突然、道の向こうから、あの年老いた栗毛が嘶（いなな）く声が聞こえて、イーサンは思った。「どうして夕飯がまだなんだって思ってるんだ……」

「さあ！」マティはイーサンの手を引っぱって、囁いた。

マティの陰鬱な、烈しい力によって、イーサンは身動きが取れなくなった。マティは、運命なるものの化身のようだった。イーサンは橇を手にとると、夜鳥のようにまばたきをしながら、トウヒのつくる陰影から、透明な夕暮れの広がるところへと出た。眼下の斜面には誰もいない。スタークフィールドの住人はみんな夕食をとっているころで、教会前の広場を横切る人影などありはしない。雪解けを告げる雲がふくらむ空は、まるで夏の嵐の前触れのように低く垂れ込めている。イーサンは薄暗がりの向こうへ目を凝らした。しかしその目はいつもよりも鈍く、頼りないように思えた。

イーサンが橇に座ると、マティは間髪入れずその前に座った。マティの帽子は雪の中に落ち、イーサンの唇は彼女の髪の毛に包まれていた。イーサンは足を伸ばし、踵を道に押しつけて、橇が前に滑り出さないようにする。そしてマティの頭を反らせて、自分の両手のあいだに来るようにした。それから突然、イーサンはもういちど立ち上がった。

「立ってくれ」とイーサンは命令口調で言った。

普段のマティなら、この調子で言われると聞き入れていたのだが、彼女は座席にうずくまり、猛然と繰り返すばかりだった。「いや、いや、いや！」

「立ってくれ!」

「どうして?」

「前に座りたいんだ」

「いや、いや! 前に座ったら舵がとれないよ?」

「そんな必要ないよ。通った跡をたどるだけなんだから」

まるで夜が聞き耳を立てているかのように、ふたりは押し殺した囁き声で話していた。

「立ってくれ! 立ってくれ!」イーサンはしきりにそう説得したが、マティはやはりこう繰り返した。「どうして前に座りたいの?」

「どうしてって——君が後ろから抱いてくれるのを感じたいからだよ」イーサンは口ごもりながら言い、マティを引きずるようにして立ち上がらせた。

イーサンの返答に満足したのか、それともその声色の力強さに屈したのか。イーサンは身を屈め、暗がりのなか、前に滑った人たちが押し固めた、ガラスのように滑りやすい雪面を感覚によって探す。橇の刃を慎重に、雪面の縁と縁のあいだに据える。イーサンが橇の前の席に足を組んで座るのをマティは待った。すぐにその後ろにしゃがみ、イーサンを強く抱きしめた。マティの息が首筋にかかると、また身震いがして、イーサンは思わず橇から飛び出しそうになった。だがその瞬間、いまからする別の選択のことを思い出した。マティの言うとおりだ。離ればなれになるよりもこのほうがいい。イーサンは身を後ろに反らせて、マティの口を自分の口へと引き寄せた……

橇が滑り出してすぐに、イーサンの耳には、栗毛が嘶く声がまた聞こえた。聞き慣れたあの切なげな呼び声と、そのせいで去来する混乱したイメージとともに、イーサンは最初の広がりを過ぎた。半分ほど下ったところには、坂の急激な落ち込みがあり、次に上りがあって、そのあとまた、長く、我を忘れさせるような下りが続く。ここを滑っていると、ほんとうに翼を得て空を飛んでいるかのように思えた。曇りがちな夜空に向かって、スタークフィールドを遥か下に眺めながら、宇宙の一点のちりのように離れてゆく……。そのとき、前方に大きな楡の木が飛び出した。道が曲がったところで、ふたりのことを待ち構えている。食いしばった歯の隙間から、イーサンは言った。「やってみせる。ふたりならできる――」

楡の木に突き進むさなか、マティはさらに強くイーサンに両腕を押しつけた。まるでマティの血液が、イーサンの血管に流れているかのようだった。一度か二度、橇が軌道を逸れてしまいそうになった。そのたびに、イーサンは重心を傾けて楡の木へと向け直した。何度も何度も、「ふたりならできる」と自分自身に言い聞かせながら。マティがこれまで口にしてきたささやかな言葉が頭に去来しては、目の前の宙空を舞った。巨大な楡の木がどんどん大きくなり、近づいてくる。木が目の前まで迫ったとき、思った。「この木は待ってくれている。まるで、わかってるみたいだ」だが突如として、妻の顔が、怪物のように歪んだ容貌が、イーサンと目指す場所とのあいだに割り込んだ。それを払い除けようと、本能的に体を動かす。それに応えるように橇は方向を変えたが、彼は再び立て直し、直進させ、突き出した漆黒の塊をめがけていった。最後の瞬間、空気が、まるで何百万本もの燃えさかるワイヤーのように通りすぎていった。そして、楡の木が……

空にはまだ分厚い雲がかかっていたが、まっすぐに上を見ると、ぽつんと浮かぶひとつの星が見えた。ぼんやりと考えようとしてみる。それがシリウスなのか、それとも——それとも——考えることに疲れてしまい、重い瞼を閉じて、眠ろうと思った……。静けさはあまりに深く、小動物がどこか近くの雪の下で鳴く声が聞こえた。それは野ネズミのように、小さく怯えたような甲高い鳴き声で、その動物が怪我をしていないかどうか、うつろながらも気にかかった。それから、その動物は痛みを感じているにちがいないとわかった。あまりにも耐え難い痛みを。そうして不思議なことだが、イーサンにはその痛みが自分の体を駆け抜けているように思えた。音のした方向に寝返りを打とうとしたが、無駄だった。左腕を雪の上に伸ばす。すると今度は、鳴き声を耳で聞いているというよりもむしろ、体で感じているかのように思えた。痛みは手のひらの下にあって、手のひらは何か柔らかくて、弾力のあるものに乗っているように感じられた。動物が苦しんでいると思うといてもたってもいられず、なんとか体を起こそうともがいた。なのに、岩か、あるいはなにか別の巨大な塊が、自分の上にのしかかっているかのようで、それができない。それでも、左手の指先を慎重に動かし続けた。もしかしたら、小さな生き物をその手に包んで、助けてあげることができるかもしれないと思って。出し抜けに、手に触れる柔らかいものが、マティの髪の毛だとわかった。手はマティの顔の上にあったのだ。

なんとか体を引きずって、膝をついた。イーサンが動くと、彼にのしかかっている途方もない重荷もまた動くのだった。イーサンの手は、マティの顔を何度も何度もさぐり、あの鳴き声が、マティの唇から漏れているのを感じとった……

身を屈めて顔と顔とを寄せ、耳を彼女の口元へと近づける。暗闇のさなか、マティが目を開くのが見え、口を開けて、彼の名前を呼ぶのが聞こえた。

「ああ、マット、やったと思ったんだよ」イーサンはうめくように言った。遠くで、丘を登った先から、栗毛の鳴き声が聞こえて、思った。「あいつに餌をやらなきゃな……」……

……………………………………………………………………………………………………

……………………………………………………………………………………………………

私がフロム宅の台所へと足を踏み入れると、ぼそぼそという不満げな声はやみました。そこにはふたりの女性が座っていましたが、どちらがその声の主なのかは判断がつきませんでした。

そのうちのひとりは、私が姿を見せると、背の高い骨ばった体を椅子から起こしましたが、特に私を歓迎してくれるというわけではありません――なにせ、彼女は一瞬、驚きの目をこちらに向けただけでしたから。そうではなく、ただ単に、フロムがいないせいで遅くなっていた夕食の支度にとりかかっただけでした。その肩にはキャラコの部屋着がだらしなくかかり、薄い灰色の髪は、後退した額からなでつけられ、それを後ろで、壊れた櫛を使って留めていました。色の薄い、濁った瞳は何ひとつ語ってはくれず、何ひとつ映し出してはくれません。薄い唇は顔と同じように土色をしていました。

もうひとりの女性はもっと小柄で、痩せていました。ストーブの近くにある肘掛け椅子に身をうずめていて、私が入ると、素早く顔をこちらに向けてきましたが、体はこれっぽっちも動かしませんでした。髪の毛はもうひとりの女性と同じような灰色で、顔もやはり同じくらい血の気がなく皺が寄っているのですが、こちらの女性の顔は琥珀色をしていて、そこに浅黒い影が浮かんでいるせいで、鼻先が尖っていて、こめかみもくぼんでいるように見えました。形の崩れたドレスに包まれた下で、体はぐったりとしたままぴくりともせず、その黒い瞳は、背骨の病気を患った人がときおり見せる、魔女のようなぎらぎらとした目つきをしていました。

いくらこの地域に住む人の家だとはいっても、台所は貧相なものでした。黒い目をした女性が座る、まるで田舎の競売で買った贅沢品の薄汚い遺物のようなあの椅子を除くとすれば、家具はどれも最低の品。ざらざらした磁器製の皿が三枚、それに注ぎ口の折れた牛乳用のピッチャーが、ナイフ傷のついた、油でぎとぎとのテーブルに用意されていました。座面が藁でできた椅子がふたつ、それに塗装もされていない松材製の食器棚が、漆喰の壁に向かって無造作に置かれています。

「いや、寒いですね！　火が消えかけてるんじゃないかと思います」申し訳なさそうに周囲を見渡しながら、私に続いて部屋に入り、フロムはそう言いました。
背の高いほうの女性は、離れたところにある食器棚に向かっていて、その言葉に気がつきもしませんでした。ところがもうひとりの女性が、クッションの敷かれた椅子から、細く甲高い声で、不満げに返事をしたのです。「火ならいま点けたばかりなのよ。ジーナが寝ちゃったの。で、ずっと寝てたから、このままだったら凍え死んじゃうと思って、起こして、それで見てもらったのよ」

声を聞いて、入ってきたとき話していたのはこちらの女性だと察しがつきました。

もうひとりの女性は、ぼろぼろのパイ皿に入った冷たいミンスパイの残りものを持って、テーブルに戻ってきたところでした。食欲をそそられもしない食事を大儀そうに置く彼女の耳には、自分が非難されていることなどまるで聞こえていないかのようでした。

フロムは、こちらに歩み寄る女性を前にして、躊躇いがちに直立していたのですが、やがて私のことを見て言いました。「これは妻です」間を置いたあとで、肘掛け椅子に座っている人物の方を向いて、さらにひと言。「こちらはマティ・シルバー……」

心優しきヘイル夫人は、私がフラッツで遭難して吹きだまりに埋もれてしまった姿を思い

描いていたそうで、翌朝、私が無事に戻ると、たいそう喜んでくれました。どうもこうして生命の危機を経験したおかげで、夫人の私に対する好意の度合いが数段上がったかのような具合です。

夫人にとって、そして老ヴァーナム夫人にとって大きな驚きだったのは、イーサン・フロムのあの老馬が、コーベリー・ジャンクションまで私を乗せて往復できたということでした。しかも、この冬いちばんの吹雪のさなかに。ふたりにとってなおも驚きだったのは、老馬の持ち主がその晩、私を泊めてくれたということでした。

ふたりの声には、驚きと不思議に思う気持ちが入り混じっていました。その声の下には、私がフロム家での滞在を経てどう思ったのか、それについて聞いてみたいという好奇心が隠されているのを、私は嗅ぎつけていました。ふたりの慎みを取り除くには、私が明けすけになるのが手っ取り早い。そう思って、粛々とした声色で、フロムがずいぶんと親切にしてくれたこと、一階の部屋にベッドを用意してくれたことを話しました。その部屋はどうも、今よりも生活が満足だったころには、書斎か勉強部屋として使われていたみたいですね、と。

「そうですか」とヘイル夫人は物思いに耽りながら言った。「あんな吹雪の中ですもの、あなたを迎え入れるよりほかに仕方がないと思ったんでしょうね——でも、イーサンにとっては辛いことだったと思います。たぶんですけどね、この二十年、あの家に他人が足を踏み入れたのはあなたがはじめてだったと思いますよ。あの人はプライドが高くて、いちばん古い友人だって家には入れないんですよ。私とお医者さま以外になんて、もう誰も行ってないんじゃないかしら……」

「ヘイルさんはまだ行くことがあるんですか?」思いきってこう尋ねてみる。

「事故のあとはよく行ってたんですよ、私が結婚したばかりの頃ですね。でもしばらくすると、私やほかの人たちのことを見ると、あの人たちは気を悪くするんじゃないかと思うようになったんです。それから、次から次へといろいろありましたし、私にも問題があって……。でもたいてい、新年の時期と、夏のあいだに一度ずつは出かけていくようにしていますす。ただね、それもイーサンがどこかに行っている日を選ぶようにはしているの。ふたりの女性がそこに座っているのを見るだけでもひどいものなのに——イーサンの顔、あんな空っぽの場所を眺めているときのあの人の顔を見るとね、ただただ、辛いのよ……。ほら、振り返っては思い出してしまうんですよ、あの人の母親の生きていたころをね。なにも問題なんかなかったころの」

そのころにはもう、老ヴァーナム夫人は寝室に退いていました。老夫人の娘と私は、夕食のあと、馬巣織りの家具のある簡素な応接間に引き上げ、ふたりきりで座っていました。ヘイル夫人の目は、おずおずと私のほうに向けられていました。私の推測したことにどれほどの根拠があるかを確かめているかのような具合に。もしかするとこの人がこれまでずっとイーサンのことに口をつぐんでいたとすれば、この長い年月のあいだずっと、待っていたからなのかもしれません。自分しか見てこなかったものを見るであろう人間のことを。

夫人が私のことを十分に信頼してくれるまで待ってから、こう切り出しました。「ええ、ひどいものですね、ああやって三人がいっしょにいるのを見るのは」

ヘイル夫人はその温厚そうな眉を、苦しげに歪めました。「はじめから、ただただ悲惨だったんですよ。ふたりが運び込まれてきたとき、私はこの家にいたんです——あなたがいま泊まっている部屋には、マティ・シルバーが寝かせられていました。マティと私は大の仲良しで、春には結婚式で付き添い役をしてもらう予定だったんです……。マティが意識を取り戻したときには、そばに行ってそのまま一晩中いました。落ち着かせるために薬やら何やらを与えられていましたから、マティは朝までもうろうとしていたんです。それから突然、いつもみたいに目を覚ますと、大きな目で私をまっすぐに見て、マティは言ったんです……。ああ、どうしてこんな話をしているのかわからないわ」ヘイル夫人は言葉を切りました。涙を流しながら。

　夫人は眼鏡を外し、濡れたレンズを拭いて、おぼつかない手つきでかけ直していました。

「話がわかってきたのは次の日でしたよ」と夫人は続けた。「雇った使用人が来るからといって、ジーナ・フロムが急いでマティを送り出したという話ですとかね。どうしてマティとイーサンがそんな晩に橇滑りをしていたのか、ちゃんと知っている人なんて誰もいませんでしたよ。ほんとうなら列車に間に合うようにフラッツに向かっていたはずでしたのに……。私自身、ジーナが何を考えているのかわかりませんでしたね――今だって、結局わかりません。ジーナの考えていることなんか、誰にもわからないんです。ともかく、事故の話が伝わると、ジーナはすぐに駆けつけて、イーサンが運ばれた牧師さまの家で付き添っていたんですよ。それで、お医者さまがマティを動かしてもいいとおっしゃると、ジーナはすぐ人に頼んで農場に連れ帰ったんです」

「それからずっと、そこに？」

　ヘイル夫人はあっさりと答えた――「ほかに行くところなんて、マティにはありませんからね」貧しい人たちのどうにもならない状況を思うと、私の胸は締めつけられるようでした。

「そう、それからあの子はずっとあそこにいるんです」とヘイル夫人は話を続けた。「ジーナはマティのために、そしてイーサンのために、できる限りのことをしてあげてきたんですよ。奇跡ですね、あの人がどれだけ病気がちだったかを思うと――でもね、使命が来たとなったとたんに、あの人はまるで生き返ったみたいになったんですよ。今も医者にかかるのをやめたわけではないし、発作が出ることもありましたけれど、もう二十年以上も、あのふたりの世話をしてあげられるだけの力はあったのよ。事故の前には自分の世話さえできないって思いこんでいたのに」

ヘイル夫人は一呼吸置きました。私は黙ったまま、夫人の言葉が喚び起こす幻影に身を浴していました。「ひどい話ですね。その人たち、みんなにとって」と呟く。

「ええ。ほんとうにひどい話。誰ひとりとして親しみやすい質(たち)ではないんです。マティだけはそうだったんですけど、事故に遭う前は。あんなにやさしい人はいなかったくらいですよ。でも、辛い思いをしすぎました――マティがどうしてあんなに気難しい人になったのかって聞かれたら、私はいつもそう言ってるんです。それでジーナは、ジーナは前からずっと不機嫌なままですね。とはいっても、マティのことはよく我慢しています――それについては、私だって自分の目で見ました。でもときどき、ふたりが喧嘩することがあるんですよ。そのときのイーサンの顔ときたら、見るのがほんとうに辛くて……。あの表情を見て思うのは、いちばん苦しんでいるのはイーサンだってことなんですよ……。ともかく、ジーナではないんです。ジーナにはそんな時間なんてなかったんですから……。でも、かわいそうなことですよね」ヘイル夫人はため息をつきながら、こう話を締めくくった。「行き場があの台所しかなくて、そこにずっと閉じ込められているなんて。夏のあいだなら、天気のいい日にマティを居間だとか、玄関先の庭だとかに連れ出して、過ごしやすいこともあるんですよ……。でも冬になると、火のことを考えないといけませんから。フロム家には一銭の余裕もないんですよ」

ヘイル夫人は深く息を吸いました。長く背負い込んでいた重荷を記憶から解き放ち、もう言うべきことは何もないかのように。ところが夫人は突然、この告白をきちんと完結させたいという衝動に駆られたようです。

夫人は再び眼鏡を外し、ビーズ細工のテーブルカバーを隔てた私のほうに身を乗り出して、声を落として続けました。「ある日ね、事故から一週間ほど経ったころ。みんなもうマティは助からないと思ったことがあったの。ええ、私ならこう言いますよ、助からなければよかったのに、って。牧師さまに、はっきりそう言ったこともあります。ショックだったみたいですよ。あの子の意識が最初に戻った朝は、牧師さまは私といっしょじゃなかったから……。

あえて言いますけどね、あの子がもし死んでいたなら、イーサンのほうは生きていけていたかもしれない。あの人たちの様子を見てたなら思いますけど、農場にいるフロム家の人たちと、その土の下に眠るフロム家の人たちとで、いったいなんの違いがあるっていうの。違いがあるとしたら、墓の下じゃみんな静かで、女たちも口を閉じていなきゃいけないっていう、ただそれだけでしょう」

訳者あとがき

イーディス・ウォートンは一八六二年生まれ。ニューヨーク市の裕福な家に生まれ、そのときの姓はジョーンズ。ウォートンは結婚相手の名前で、一九一三年に離婚してからも、生涯ウォートンを名乗った。一時期はマサチューセッツ州レノックスの、彼女自身が建物と庭園をデザインした豪邸「ザ・マウント」に居住するものの、十年ほど過ごしたのちにフランスへと移住。第一次世界大戦が勃発すると、フランスの傷痍兵や難民を支援する活動を行った。作家としては、一九二〇年に出版した『無垢の時代』でピューリッツァー賞を女性として初めて受賞。得意としたのは上流階級の心理や慣習を描く長篇小説、それに「ローマ熱」や数々の幽霊物語のような、小気味よい短篇小説だった。同じく米国出身の作家ヘンリー・ジェイムズをはじめとする文化人と交友関係を持ち、晩年にはF・スコット・フィッツジェラルドのような若い作家とも交流があった。何度かノーベル文学賞の候補に名前が挙がりつつも、一九三七年に心臓発作で死去。七十五歳だった。「ザ・マウント」は現在、ウォートンの功績を伝える資料館として開放されている。

一九一一年に『イーサン・フロム』が出版されたとき、それは読者のまるで予期しないものだったという。それもそのはずだろう――なにせウォートンは、遺産として受け継いだ富で裕福な暮らしを送り、貴族にも似た人々の暮らしざまを描いてきた作家である。それがどうして、唐突に、都市とは無縁な村落の暮らしを、そしてそのなかでも特に貧しい一家のありさまを、描くことにしたのだろう？　金満な作家に、貧困にあえぐ人々の暮らしを語る資格などあるのかという議論さえあった。そうした疑問を喚起しながらも作品は読み継がれ、『イーサン・フロム』は現代において、ウォートンのもっとも読まれる小説のひとつとなっている。

どうして金持ちのウォートンがあえて縁遠い階級の男性の半生を描くことにしたのか。この問いには、ふたつの観点から答えることができそうである。ひとつは、作家自身が序文で書いていること。つまり、ニューイングランドを舞台にしたそれまでの小説に不満を持っており（その土地の持つ「花崗岩」に比される厳しい側面が見落とされている）、それを描き込むことの必要性を感じたから。その土地の持つ、厳めしく、重々しい側面を表現しようという作家の意図が、境遇に恵まれなかったイーサン・フロムという登場人物を生み出した。作家がそれに続けて説明するような作品の構成は、その意図から導き出されたものとみなすこともできるだろう。

もうひとつ。それは、苦難――イーサン・フロムら登場人物の半生を言い表すには最適の言葉――に、ウォートンが作家として関心を抱いたから。つまり、花崗岩として表現されるニューイングランドの荒々しい側面について、その表面を素描するだけでは足りず、より立ち入った仕方で描く必要性を感じたから。肉眼では足りず、顕微鏡を持ち出すような態度である。

現代の読者からすると、後者の観点のほうが共感しやすいものだろう。イーサン・フロムは、外的な要因によって、彼の人生がもともと持っていた可能性のほとんどを奪われた人物である。ウースターの大学で工学を学んでいたものの、家族の病気のために学業を放棄してスタークフィールドの農場へ戻らざるを得ず、そこで介護をしながら、自分には不向きであると考える農業や林業に取り組む。生産性の低い土地を手放し、妻と都会に出て勝負しようとするものの、今度は妻が病に苦しむ。境遇は彼に自分自身の力で人生を選び取ることを許さず、貧しく、しかも嫌悪さえ催させるような環境から、脱出する機会さえ与えられない。プロローグとエピローグで描かれる壮年となった彼の暮らしからは、もはやそれが上向く可能性を見て取ることはできないし、彼がその日常からなんらかの楽しみや価値を見出している様子も見られない。

目を背けたくなるような苦しみをあえて描くことに、創作上どのような意図があるのか？　アメリカの批評家ライオネル・トリリングは、イーサン・フロムが見舞われる苦難を見て取り、そこに根ざす心理をマゾヒズムと呼び評した。なるほど、便利な言葉である。フィクションにおけるあらゆる苦しみは、それで説明できてしまいそうなほどだ——なにせマゾヒストは、あらゆる苦しみを快楽へと変換できてしまうのだから。苦痛が快楽の源なのだとしたら、あえてそれ以外の説明を持ち出す必要はない。ただしトリリングは、イーサン・フロムの心理をその心理学用語で真剣に説明しようとしているわけではなく、彼の無力をその言葉で侮蔑的に評しているだけである。彼の論点は、苦しみに安住し、生活を改善する力を持たないイーサン・フロムの姿が、フィクションの登場人物ならぬ「普通の人々」を模写したものであるという点に根ざす。小説内の登場人物は現実を変革し自分自身のドラマを生き抜くことができるのに対し、この世界に生きる人間はイーサン・フロムのように怠惰なものであり、したがって現実の前に無力である。ゆえに読者は、トリリングによれば、イーサン・フロムの姿を通して、自分自身の生き方について反省することになる。

筋は通っている。しかし、イーサン・フロムが単に無力な人物であり、しかもその非力さは怠惰な心から生じたものだという理解は、十分なものだろうか？　英米文学最大の紹介者であったハロルド・ブルームは、イーサン・フロムの姿に非力さではなく、強さを見ている。ブルームは、ウォートンがショーペンハウアーやニーチェを愛読していたことを引き合いに出し、イーサン・フロムの姿に読者が見出すべきは、かの力強い哲学者たちが構想した人間像であると示唆している。ブルームがこのように述べるのは、壮年イーサンの無表情ながらも「ブロンズ像のよう」な硬さを備えた姿を踏まえてのものだろう。たしかに、語り手がその目に映す彼の姿は、トリリングが見ている弱々しいイーサン・フロム像よりも、苦しみを無言のまま引き受ける頑なさを備えているように見える。

とはいえ、トリリングの見方が的外れなわけではない。特に、彼が『イーサン・フロム』を旧約聖書中の『ヨブ記』に比したことは示唆に富んでいる。ヨブは豊かな暮らしを送る善良な羊飼いなのだが、神と悪魔が彼の信仰心を試す賭けを行ったため、悪魔によって富や健康を奪い去られてしまう。天上で行われた神と悪魔の対話など知る由もない人間の側からすると、その不幸は理不尽にも彼を見舞ったように見える。それゆえ『ヨブ記』は、善良に生きることに報償――幸福な生――はないのか、という根本的な問いを誘起するのである。内村鑑三は、この物語が提示する問いを端的にこう言い表した――「人は何故に艱難に会するか」。イーサン・フロムにとって、彼の苦難はその多くが外的な境遇によってもたらされたものだった。トリリングが見ているのは、自分には知り得ないところでその運命が決せられたヨブの姿と共鳴する、貧しき農夫イーサン・フロムの姿である。その見方が正しいのであれば、イーサン・フロムの物語が提示する問いはやはり、人はなぜ苦しまなければならないのかというものであるかもしれない。

そうはいっても、若きイーサン・フロムの境遇は、ヨブの絶望的な状況と比べると、いくぶん脱出の可能性が大きいもののように見える。つまり、彼は農場を捨てて新たな暮らしを送ることもできただろうし、あるいは妻の病や要求を無視して、より多くの金銭を生活に振り向けることもできただろう。では、彼はどうしてそうしないのか？　妥当な答えは、彼が自由に生きると、代償として妻の生活や健康を差し出さなくてはならないからである。要するに、彼を困難な境遇に縛りつけているのは、彼の良心である。自分を縛りつける鎖へと変貌した妻のことがどれだけ憎かろうとも、彼は決して妻の不都合となることをしない――恋人マティとの関係においてさえ、彼は自分にブレーキをかけがちである。さらに言えば、たとえ追い詰められていても、家族ならぬ近所の善良な婦人に対してさえ、彼は良心に基づき悪を犯そうとしない。

ここにこそ、『イーサン・フロム』が私たちに示す大きな問いのひとつがあるように思える。すなわち、人間の良心はどこから来るのか？　良心の起源をどこに求めたらよいのか？　私たちが良心を持つ意味とはなんなのか？

物語の序盤で、イーサン・フロムは、スタークフィールドで幾冬をも過ごしたために、現在のような状態になったと説明されている。それが事実なら、彼は単にその土地を離れさえすればよかった。現に、多くの若者がそうしたと書かれている。何が彼をその場に留まらせたのか――それは彼の良心である。目を閉じ耳を塞げばすぐに消えてしまうような良心の姿や囁き声を、イーサン・フロムは人一倍鋭く感じ取る。彼の苦難や苦闘の根本には、抗いがたい良心が根ざしているのである。個としての彼の人生がもともと持っていた可能性と、彼が悪を犯すことなく善良に生きた現実の姿との表裏一体となった関係が、この悲劇的な物語が持つ読みどころのひとつだろう。

もっとも、良心の囁きに従い続けたイーサン・フロムが、清廉潔白なわけではない。マティとの交流を通し、彼は妻との関係を裏切っている。妻や隣人に直接的な害を及ぼす行為こそ犯さなかったものの、結果としてそれは、若き日の彼自身と恋人を、死以外には逃げ場のない状況へと追いやってしまっている。進んで悪を犯したわけではないのに、状況は最悪なものとなっている。悪を犯すのに悪意は必要ないというわけである。これを良心の敗北と言ってもいいだろう。物質的な状況だけではなく、善や悪といったモラルの次元においても、イーサン・フロムは運命を自分のものにできてはいないのだ（付言すれば、ブルームによると、「自死はショーペンハウアー的な解決策ではまったくない」）。

フロム家でイーサンと居をともにするジーナとマティも、同じく悲劇を生きている。物語は偶然イーサンと出会った語り手の視点から語られる「幻影」であるため、必然的にイーサンが中心になっているものの、同居するふたりの女性にも、それぞれの物語と、道徳的な葛藤がある。看病の手伝いにフロム家を訪れてから体調を崩してしまったジーナの姿を、あるいは孤独の先に得たはずの安住の家を追われるマティの姿を、読者が頭の中に思い描くとき、語り手がイーサンの物語を紡ぎ上げたように、ふたりの物語がありありと立ち上がるだろう。フロム家の物語は、そうしてすべての登場人物の悲劇が想像されて初めて、語り尽くされたといえるのかもしれない。

それでも、物語に彩りを与えているものがあるとすれば、それはイーサンの記憶のなかに幻視される夏の光景だろう。イーサン・フロムにとってありえたはずの人生が、フィルムのネガに見え隠れする風景と同じように、苛烈な冬のさなかにも、美しく穏やかな夏の記憶として脳裏に再生される——それがあってはじめて、この物語は、単なるリアリズムにはとどまらない奥行きを獲得しているのである。

*

カバーの絵には、J・M・W・ターナーの風景画を選んだ。『イーサン・フロム』を執筆していた時期、ウォートンはロンドンの美術館で、この英国最大の風景画家による絵画に親しんでいたという。「マジック・メーカー」としてターナーを称える書簡も残されていて、『イーサン・フロム』に描かれる雪景色の描写にあたっても、インスピレーションを得ていたと思われる。とりわけ、スタークフィールドの冬を軍の編制に喩える描写は、ターナーの『アルプスを越えるハンニバルとその軍勢』に触発されたものかもしれない。

訳語の選択にあたっては、二〇二二年の夏に縁あって読んだ、三浦綾子の小説が大いに参考となった。例えば、「馬橇」などがそれである。三浦綾子が描く、まだ馬に引かれた橇が街をゆく時代の北海道の風景は、不思議とウォートンが描くマサチューセッツの冬と重なり合っているように思えた。三浦綾子は、同じ北海道北部出身の訳者にとっては郷土の作家なのだが、これまた不思議なことに、それまで読んだことがなかった。ウォートンと同様、過酷な冬の自然を描き、人の営みに精緻な眼差しを向けた真摯な作家に感謝を捧げたい。

＊

本翻訳は、訳者が北海道大学で大学院生として行った研究の延長線上にある。楽しく、かつ実りある院生生活の基盤を提供してくださった、北海道大学の竹内康浩先生に感謝を申し上げます。また、同じ竹内研究室で学んだよしみで訳文に目を通してくれた、仙台高等専門学校の林俊一朗さんにも感謝します。こうして恩師と学友に巡り会えたのも、元をたどれば、母・郁子が苦労も省みずに私を大学へ進学させてくれたおかげです。

末筆とはなりますが、編集を担当してくださった栗本麻央さんをはじめ、白水社編集部の皆様にも心より感謝します。唐突な申し出にもかかわらず企画を検討してくださったことと、訳者の不慣れな仕事に根気づよく伴走してくださったことは、私にとって深い驚きであり喜びでした。

参考文献

Bloom, Harold. *The American Canon: Literary Genius from Emerson to Pynchon*. Edited by David Mikics, Library of America, 2019.

Lee, Hermione. *Edith Wharton*. Vintage, 2007.

Trilling, Lionel. "The Morality of Inertia." *The Moral Obligation to Be Intelligent: Selected Essays*, edited by Leon Wieseltier, Farrar Straus Giroux, 2000, pp. 331–39.

Wharton, Edith. *Ethan Frome: Authoritative Text, Backgrounds and Contexts, Criticism*. Edited by Kristin O. Lauer and Cynthia Griffin Wolff, Norton, 1995.

---. *The Letters of Edith Wharton*. Edited by R. W. B. Lewis and Nancy Lewis, Collier Books, 1989.

内村鑑三『ヨブ記講演』岩波書店、二〇一四年。

著者紹介

イーディス・ウォートン　Edith Wharton（1862-1937）
ニューヨークの裕福な家だったジョーンズ家に生まれる。1885年にボストンの同じく名家出身だったエドワード・ウォートンと結婚し、1913年に離婚するものの、作品はイーディス・ウォートンの名で発表した。庭園やインテリアのデザイナーとしても活躍し、自ら建物や庭をデザインした邸宅「ザ・マウント」は、現在、米国国定歴史建造物に指定されている。1911年に永住の地となるフランスへ移住し、第一次世界大戦が勃発してからは、難民や負傷兵への支援を行った。詩作や短篇小説の創作は十代の頃から行っていたものの、小説家として最初の長篇作品『決断の谷』を刊行したのは1902年、40歳でのことだった。以降、『歓楽の家』や『イーサン・フロム』を含む多くの中・長篇小説、短篇集を次々と刊行。1920年に出版した『無垢の時代』で、女性として初めてピューリッツァー賞を受けた。ほかの作品に『土地の慣習』『バナー・シスターズ』『夏』など。三度ノーベル文学賞の候補に名前が挙がるも、75歳で死去。

訳者略歴

宮澤優樹（みやざわ・ゆうき）
1988年北海道稚内市生まれ。北海道大学大学院文学研究科修了。博士（文学）。現在、金沢大学人間社会研究域准教授。イーディス・ウォートンとその盟友ヘンリー・ジェイムズの作品を中心に研究。代表的な論文に、米国イーディス・ウォートン協会発行の学術誌『イーディス・ウォートン・レビュー』をはじめ、『ヘンリー・ジェイムズ・レビュー』や『アメリカン・リテラリー・リアリズム』に掲載のものなど。